TRIP TRAP

トリップ・トラップ

金原ひとみ

角川文庫
17766

目次

女の過程

天井裏のネズミみたいなもので、私は見つかったら追い出される事になっていた。だから、ベランダで洗濯をしていた時、隣の部屋の窓が開く音が聞こえた瞬間、ぞっとした。部屋に戻ろうかと思ったけれど、立て付けの悪い窓を引いたら隣の人にばれてしまうと思い、私はその場にしゃがみ込むと、エアコンの室外機の陰に隠れ身を縮めた。

「二槽式かあ」

男の声がして、私は俯けていた顔を上げた。その声は、監査の人のものには思えなかったし、間抜けなというか、随分と気の抜けたのんびりとしたもので、張り詰めていた糸が少し緩んだ。目を細めて室外機の向こうにある仕切りの隙間を見つめていると、がさがさという音がして、ちらっと男の人が見えた。長いぼさぼさの髪の毛と、ぴったりとした白いタンクトップにだぼっとした黒いズボンを穿いていた。顔がよく見えず、私は首を伸ばして更に目を凝らした。

「どうすんのかな……これ」

使い方が分からないのか、口の中でぼそぼそと男は言った。洗濯機をいじる音がして、私は思わず使い方を教えてあげたくなった。

二槽式洗濯機はもう過去の遺物だし、忙しい人にとっては面倒な代物なのかもしれないけれど、特にやる事のない私にとってはなかなかに手が掛かって、丁度良い面倒くささに感じられる。最初は洗濯物を入れすぎて脱水機に入りきらなかったり、色物も何もかも一緒に洗って白いシャツをピンクに染めてしまったりしたけれど、もうそういう失敗もなくなった。冬場は寒いし、洗剤は溶け残るし、水も冷たくて嫌になったけれど、夏らしい日差しが降り注ぐこの頃は、煙草を吸いながら飽きるまで洗濯機の中でぐるぐる回る洗濯物を見つめていたりもする。それ以外にやる事がないから、私は家事をある程度の使命感をもってこなす事が出来るし、ワンルームの部屋でこなすべき家事はそう多くなく、私は怠惰でありながら充実した日々を送る事が出来る。

仕切りの向こうから、洗濯機に水を流し込む音が聞こえた。それに続いて気持ちの良さそうな鼻唄が聞こえてきて、思わず頬が緩んだ。部屋とベランダを何度か行き来して、洗濯物を抱えて出てくる男を観察する。二十歳くらいにも見えたし、二十五くらいにも見えたし、三十と言われればそんな感じもした。私は身じろぎ一つせず、室外機の向こうにある仕切りの隙間からじっと男を観察した。厚めの唇、細い体、指が長く、手の甲には筋と腱《けん》がくっきりと浮き出ている。外ではどんな服を着るんだろう。そう思いながら、洗濯機が回り始めた頃、その音にかき消されるようにタイミングを見計らいながら窓の隙間を広げ、静かに部屋に戻った。

「うん。今日洗濯してたら、ががら音がして、ベランダに男の人が出てきた」

「隣に？」

「何で男だって分かったんだよ？」

「ちらっと見えた」

「へえ……気づかれなかったか？」

「うん。静かに部屋に戻ったし、今日は静かにしてた。買い物も行かなかったし」

「今日は、ってお前……。毎日静かにしてろよ」

「毎日静かにしてるよ。今日は特に静かにしてた。何か、一日中がたがたうるさかったから、昨日か今日越してきたんじゃないかな」

「どこの店の奴かな。人が入るなんて聞いてねえけどな」

祥《しょう》はそう言ってベッドに腰かけ、制服の青いシャツをTシャツに、スラックスをスウェットに穿き替えた。もう出来上がっている豚肉の炒め物をフライパンで温め直すと、蒸らしておいたご飯を掻き混ぜる。小さなローテーブルに向かうと、私たちはものの十分で夕飯を食べ終えた。テレビではお笑い番組がやっていて、祥は煙草を吸いながらじっと見ている。私も好きな芸人の時だけ見て、時々声を出して笑った。こういう、毎日変わらない、何の変哲もない生活が訪れた事に、安堵すると共にうんざりしていた。

ずっと家でぬくぬくしていられる、ここに来た時そう思ったけれど、そういうぬくぬくした生活が続けば続くほど、煙草がなくなったとか、コーラが飲みたいとか、買いだめをせずに毎日夕飯の買い物に行くとか、そういう形を取って積極的に外に出るようになっていった。遊び回っている友達らを羨ましく感じる事もあるし、たまにはオールに行きたいし、もっと色んな男と知り合いたいし、もっと楽しい恋愛をしたいし、もっと楽しい遊びをしたいし、もっと楽しい所に行きたいし、もっと楽しい男と付き合いたいし、とにかくもっと楽しく生きていたい。身を削るようにして生きていた、人も場所もめまぐるしく変わっていく楽しい日々に疲れて隠居生活を始めたはずだったけれど、そんな事を考えていた自分がもう思い出せない。祥はそんな私の気持ちを知っているのかいないのか、どんどん束縛を強めている気がする。あんまり外に出るな、携帯代が高くなるからあんまり電話をするな、煙草は俺が買ってきてやる、そういう事ばかり言う。私を家に囲っている事を知られたら彼はここにいられなくなるわけだし、携帯代を払っているのは彼なわけだし、尤《もっと》もな事を言っているのは分かるけれど、祥の注意がうざったく感じられるのは、明らかに彼が、ここが寮であり私が見つかってはいけないという状況を使って、私を閉じこめようとしている意志が見えるからだった。最近監査が張ってるらしいとか、隣の棟の○○さんが女と暮らしてるのばれて出て行く事になったらしいとか、そういう話をしては脅しをかける。でもこの辺で監査らしき人を見た事なんてないし、隣の棟の人が出て行く事になったという話だって嘘か本当か私には確かめようがない。こんなぼろアパート、という気持ちもあるけれど、月二万という破格の家賃は、確かに家計の助けになっている。

「明日、早番だっけ?」

「ああ」

寝支度を終えた祥に聞くとそっけない答えが返ってきて、すぐに寝るぞと続けて彼は電気を消した。突然の暗闇に目を凝らしながらベッドに腰かけ、カットソーとスカートを脱いだ。ブラジャーを外してパンツ一枚で掛け布団に潜り込むと、冷たいシーツに鳥肌が立つ。祥はどんなに寒い冬の日も、服を着たままベッドに入る事を許さない。祥の手が伸びてきて、ぐっと体を引き寄せられた。温かさに弛緩すると同時に、最近よく感じる嫌悪がさっと体中を走る。彼が大きな手で胸を揉み、その指がやっと性器に入った頃、嫌悪感は快感に紛れてなくなった。

「声出すなよ。隣の奴に聞こえるだろ」

角部屋で、ずっと隣の部屋が空いている状態に慣れていたけれど、今日一日隣の部屋に人がいると、こんなに音が聞こえるのかと、音が聞こえるたび落ち着かない気持ちになった。向こうの音が聞こえるという事は、こっちの音も聞こえるわけで、そうなると少なくとも大声で携帯で話したり、大音量でCDを聞いたり出来ないわけで、面倒だし、下らない、と思ったけれど、他人の存在が身近にある生活というものにどきどきしている所もあった。隣の部屋から携帯のバイブ音が聞こえたり、話している声が微かに聞こえたり、冷蔵庫のドアを閉めるバタンという音が聞こえたり、そういう事が、この部屋で外部と切り離されたような生活を送っていた私には新鮮だった。

声を出すなと苛立ったように言いながら、祥はいつもよりも興奮しているように見えた。私は祥のそういう所が好きじゃなかった。いつも、言っている事とやっている事が矛盾していて、人の事をバカにしながら本当は羨んでいたり、怒っている振りをしながら本当は喜んでいたり、そういう所が透けて見えるのが気持ち悪くて、私は祥のそういう所を目の当たりにするたび祥にうんざりしていった。

「何だよ、他の男に聞かせたいのか?」

思わず声が出てしまうと、祥はそう言って指を一本増やした。入れてと言うまで祥は指をピストンさせ、やっと挿入した。声を押し殺そうとしたけれど、何度も漏れてしまい、そのたび祥は私の口を手で押さえたり、耳元で言葉責めをした。この人の性格は嫌いだし、人格的に信用出来ないし、うんざりする事はよくあるけれど、精力に関してはすごいと思う。彼が喋らない、ダッチハズバンドだったらどんなに良いだろ

う と思う事もあるけれど、そうしたら私はここに住めなくなるし、養ってくれる人もいなくなってしまう。最近、自分の事を奴隷みたいだと思う事が増えた。

祥は制服を着ると、今日は店終わった後マネージャーとミーティングがあるから夕飯はいらないと言い、更に静かにしてろよ、と言い残して出て行った。鍵をかける音が聞こえて、私はベッドの中で裸のまま煙草に火を点けた。こうして、半分眠ったまま煙草を吸うのが大好きだ。祥が嫌がるから、寝煙草は一人でいる時しかしない。寝ぼけた頭のまま、隣から音がする事に気がついた。隣の人も早番なんだろうか。そう思いながらベッドをつけている壁に耳を当てると、すぐ近くでカチッという音が聞こえて、思わず耳を離した。本当に、私たちを隔てる壁のすぐ近くで、隣人はライターを点けたようだった。この壁の近くにベッドがあるのだろうか。それともソファやテーブルがこの辺りにあるんだろうか。どきどきしながら、私は目が覚めてしまった事に気づく。

この寮は、この周辺にあるパチンコチェーン店のもので、七店舗の店員が住んでいる。でももちろん、こんなゴミ溜めのようなアパートに住むのは借金持ちとか、とにかく金を貯めたい人や、田舎から上京してきたばかりの人くらいしかいない。

祥の店は寮から二番目に近く、自転車で近くのスポーツセンターの駐車場を突っ切って行けば五分の所にある。自分の店の系列店では打てないため、祥と一緒の時しかパチンコに行かない私は、上がり待ちの時に見かける、祥の同僚以外の店員はほとんど顔も知らない。寮の近くでよく見かける人はいるけれど、どこの店の人なのかは分からないし、この二棟の寮に住んでいる人の中で私が名前を知っているのは、祥と同じ店で働いている四十代の山倉《やまくら》夫妻だけだ。その山倉さんたちだって、一度奥さんの方が不眠症で困ってるからと言われ、祥を通して眠剤をあげた事があるのが唯一の関わりで、外で見かけても自分から挨拶をしたりはしない。

時折、隣の部屋から物音が聞こえるため、今日も出勤はないのかと思いながらテレビを点けた。昨日溜め込んでしまった洗濯物を、今日こそやってしまいたいと思うものの、音をたてずに洗濯をするのは無理だった。でも隣に人が住んでいる限り洗濯が出来ないなんて事になったら大変だし、隣の人は祥が早番か遅番かなんて知らないわけだし、とどうでもいい気持ちになって、投げやりにベランダに出ると洗濯物を洗濯機に詰め、蛇口を控えめに捻った。水が溜まると、洗濯のつまみを三十分の所まで回した。じりじりという音がしてつまみが僅かずつ回り始めるのを見て、ささやかな充実を感じる。

「こんにちは」

はっとして、思わず口にくわえたばかりの煙草を落としそうになった。振り返ると、仕切りの向こうから一人の女がこっちのベランダを覗き込んでいた。

「……どうも」

やっとの事でそう言うと、友好的な表情でこちらを見つめる彼女に軽く会釈をした。胸の上の辺りまでの茶色いミディアムヘアに、白のカットソーを着ている彼女は、少し八重歯が出ていて、大きく丸い目をしていた。猫みたいな顔だと反射的に思った。

「パチンコ屋で働いてる人じゃないよね？」

「……」

彼女の好奇に満ちた目が信用出来なくて、私は口を噤んだ。

「私も。ここに住んでる人の、彼女。人に見つかるとまずいって言われてるんだけど、そっちも？」

「まあ」

「良かった。同じ境遇の人がいて。人に見つかっちゃいけないなんてうんざりだよね」

「彼氏は、仕事ですか？」

「うん。今日は早番だって。朝出てった」

「二人でここに住むんですか？」

「ううん。たまに泊まりに来たりはするかもしれないけど、まあこうしてちょっと家事手伝ったりしようかなあって。私今フリーターだから結構暇で。そっちは？」

「あ、私もたまに泊まってるけど、でも住んでるわけでは……」

どんな言葉遣いをすればいいのか分からず、うまく話せなかった。隣に住んでいる男の彼女とこんな事を話したと知ったら、祥はきっと怒るだろう。でも、久しぶりに祥以外の人と話せるのが嬉しくもあった。

「あの、引っ越してきたばっかり、ですよね」

「うん。昨日、彼が引っ越して、昨日の夜、私も初めてここに来たの。びっくりしちゃったよ、こんなへんぴな所だなんて」

「何もなくて、暇ですよね。でもバイトしてるんですよね？」

「うん。今日も昼過ぎからバイト入ってるから、そろそろ支度しなきゃ。ね、いつも何してるの？」

「うーん。家事したり、テレビ見たり、たまにパチンコ」

「あはは。いいね。楽しそう。バイトとかしてないの？」

「してないです」

「働けとか、言われない？」

「彼氏に？」

「うん」

「言われない。まだバイトとか出来ないから」

「まだって？」

「中学生だから」

一瞬間が空いてから、えーっ？　と彼女は大きな声で言って、首を傾げて私を見つめた。

「十……いくつ？」

「十五」

「えーっ。うわー。何かすごいなー。こんな事ってあるんだ」

彼女の言っている意味がよく分からなかった。こんな事というのは、中学生がパチンコ屋の寮に住んでいるという事だろうか、それともパチンコ屋の店員と中学生が付き合っているという事だろうか、それとももっと全然違う意味なのだろうか。

「長いの？　彼氏とは」

「半年」

「ふうん。え、何で知り合ったの？」

「友達の働いてるパチンコ屋の常連同士で、知り合って」

「あー何か、今の若い子ってすごいわー」

「いくつなんですか？」

完全に年齢差がある事を知った途端、自然と敬語になった。

「私、二十一。バイト先では若い若いってもてはやされてるけど、十五の前ではいいお姉さんだね」

お姉さんっていうか、おばさんだよ。心の中でそう思いながら、大人の女性に対する憧れと軽蔑が入り交じっていくのが分かった。

「バイトって、何してるんですか？」

「ホテルのね、レストランでバイトしてるの」

ホテルのレストランでバイトをしているというのは、何となくかっこいい感じがした。この人は、きちんとバイトをしてお金を稼いでいるんだと思うと、自分と同じようなものに見える彼女が、とても大人な気がした。もちろん年齢的には彼女の方がずっと大人だというのは分かるけれど、同じような境遇でありながら全然違う生活や立場を持っているのだという事実が不思議だった。

「ねえ、じゃあ学校は？」

「学校は、行ってない」

無意識的に、敬語が引っ込んだ。男と同棲している学校に行っていない中学生、そういう私を世間がどう見るかと言えば非行少女なわけで、そういう自分を敢《あ》えて演じなければならないような気がしたのかもしれない。

「行ってないって、行かなくて問題ないの？」

「学校には来ないでくださいって、言われて」

「来ないで？　って？　何で？」

「何か色々問題があるから、みたいな感じで」

「問題児なわけね。まあ見れば分かるけど」

彼女はそう言って笑った。自分に、児という文字がつくのが、不思議だった。自分ではもう、例えば目の前の彼女とか、祥とかと変わらない人間のような気がしていて、でも人は皆私の年齢を知るとこうして驚き、こうして学校の話や親の話をしたりする。周りを見ていると、同い年でも確かにまだ小学生のように幼い子もいるけれど、考え方も背格好も顔も、大人とさして変わらないように見える子もいる。

「面白いなー。色んな人がいるんだね。世の中って」

彼女はそう言って私をまじまじと見つめた。可愛いね、彼女の言葉に、はっとした。そういうポジティブな言葉に隠されたネガティブな感情に、冷たい手で心臓を鷲《わし》づかみにされたようにぎょっとした。にこやかに可愛いねと言う彼女に、祥に対するのと同じような嫌悪感を持った。

「お姉さんも、綺麗《きれい》」

私は微笑んでそう言うと、目を逸らして煙草をベランダの向こうに弾き、再び彼女を見つめた。私たちは一階のベランダで欄干から上半身を乗り出し、仕切りを間に挟んだまま話していて、その二人の間にある仕切りを含む空間が、この数秒でさっと冷たくなったのが分かった。そんな事ないよと笑いながら、彼女が怒りを滾《たぎ》らせているのに気づいた。男の人が見ていたら、和やかに話している二人の女という風にしか見えないかもしれないけれど、私たちは激しく相手に対して怒りに近い憤りを抱えているのを、互いに気づいていた。

「私、ユイっていうの」

彼女は気を取り直すように言った。でも何かの宣戦布告のようにも感じた。

「マユです」

そう言うと、私はもう部屋に戻ろうと後ろを見やった。

「今度さ、遊ぼうよ。暇な時、窓開けとくから、声かけて」

「うん。ありがとう。じゃあまた」

そう言うと、私は洗濯機に蓋を載せて部屋に戻った。窓を閉めた瞬間、自分が緊張していたんだと気がついた。存在を知られてはいけないはずなのに、隣の人と話すなんて、やっぱりバカだった。後悔しながらも、私はどことなく気分が良かった。女と女の出会いというのは、いつも戦いだ。彼女と話し終えて、私は勝った気持ちでいた。そもそも、負けた事なんてない。それが、地球上で可愛いのは私一人、的な若さ故の先走った自意識に裏打ちされているのも分かっているけれど、その客観性に対してもだから何？ってくらいの無頓着ぶりでいられる。自分より美人な女がいるなんて事はもちろん知っている。でも自分が一番美人だと思っていた。あと十年もしたら、この今の自分を思い出して、バカだったなとか、子供だったなとか、思うのだろうか。そんなのどうでも良かった。十八を過ぎたら女はおばさんになる。おばさんになった自分の事なんてどうでも良かった。十八を過ぎた私と、今の私は、全くの別の生き物だ。今の私は、約三年後に消滅する。

十八になったら終わりだよ、おばさんだから。十八を超えた女の人には絶対に言わないけれど、例えば祥とか年上の男の人にそう言うと、皆子供を見る時のような微笑ましい表情で私を見る。多分彼らは、幼稚で愚かな者に対する哀れみに近い愛情によって、そういう目で私を見ているのだろう。でも、あと三年で有無を言わさず自分が消滅すると知っている私の気持ちが、いくつ歳を重ねても今の自分の延長線上を辿って成長していくだけの男に分かってたまるかと思った。女は人生の中で何度も、完全な別物に生まれ変わる。それは青虫が蝶になったり、蛆が蠅になったり、猿が人間になったりするのと同じだ。女は何度も生まれ変わって、美しくなったり、醜くなったりする。

「十五歳？」

ユイという女の人に声を掛けられてから一週間が経った頃、もう全く隣を気にせず洗濯をするようになっていた私は、唐突に年齢で呼ばれた。振り返ると、欄干から上半身を乗り出した男の人が、仕切りの向こうからこっちを見ていた。

「十五歳」

答えると、二十八歳、と彼が自己紹介のように言った。私は微笑んで水道の蛇口を捻り、咥え煙草のまま欄干に寄りかかった。ユイさんと話した時のような緊張はなかったし、存在を知られる事も別に怖いと感じなかった。

「こんにちは」

「こんにちは」

「いつも偉いね。たまに見かけるよ。君のこと。買い物とかかな。自転車で、よく駅前の方に行ってるでしょ？」

「私も。たまに仕事の行き帰りっぽい所見かけた事ある」

「可愛いね」

彼が言う可愛いは、ユイという人の言う可愛いと違って、受け入れやすかった。でも、彼が私を中学生だと知っているから出ている言葉だというのも分かっていた。私が幼く、世間知らずで、見くびっても良い子供だと思って、そういう事を言う男は多い。例えば私が彼よりも年上だったら、彼はそんな風に簡単に可愛いとは言わないだろうし、例えばあのユイさんにだって、こんな風に会ってすぐに可愛いとは言わなかっただろう。私はいつも男に見くびられて、可愛いと言われている。祥もそうだった。可愛いねと簡単に言った。それは小さな子供に対するそれと、あまり変わらないから、向こうもそんなに簡単に口に出来るのだろう。可愛いねという言葉が、私にとって単純に嬉しい言葉だろうと思っているから、そう言うのだろう。同じ可愛いでも、ユイさんの言う可愛いと、この人の言う可愛いは全然違って、多分ユイさんは私が可愛いという言葉を単純に可愛いという意味に受け取らないと知りながら、そう言ったのだろう。そこに籠められた侮蔑や嘲りを感じ取る事を知りながら、彼女は可愛いと言っていたに違いない。男の言う可愛いにも見くびりが交じっているのは分かるけれど、それはほとんどの男に共通する、バカな女ほどいい、という気持ちから出ている好意的な見くびりであって、ユイさんの可愛いは、バカな振りをしたり、幼い振りをする事でしか自分を売り込めないくせにという、そういう嫌味の籠もった可愛いだった。分からないけど、多分そういう軽蔑が籠もっていた。

「一本ちょうだい」

彼が、室外機の上にある煙草を指さして言った。ライターの入った箱ごと渡すと、彼はあっという間に火を点けて箱を返した。手の甲に腱と血管が浮き出ていて、ああ私は男の人のこういう所が好きだなあと思う。

「ユイさんは？」

「うん？　ああ、今日は来てない。今日は多分バイトだから来ないんじゃないかな」

「ふうん。えーと」

言葉に詰まったまま、彼を指さすと、眉をあげて何？　という表情をした後彼は
「ああ、カツヤ」と笑顔で言った。

「カツヤさんは、今日遅番なの？」

「今日は休み。一週間分の疲れが溜まっててさ、さっきまで眠りこけてた。カツヤでいいよ。かっちゃんでもいいけど。あ、何だっけ。マ、リ？　だっけ」

「マユ」

「マユ。いいね。いい名前だね。そっか」

そっかそっか、と言いながら彼は空に向かって伸びをした。体は細いのに、胸から腕の辺りの筋肉ががっしりとついていた。長い癖毛が、うねって目元に影を落としている。

数日前の祥の言葉を思い出した。「隣の奴、分かったよ。社長の息子だって。何だって寮に入れんだよなあ。隣に社長の息子がいちゃ下手な事出来ねえよ。こっちはいつも首切られんじゃねえかってびくびくしてんのに、どうせ面接もなしに入ったんだ

ろ？　好き放題しやがってよ」。祥はそう言って、憎々しげに隣の部屋の方を見ていた。こうして面と向かっていても、彼が社長の息子だとはなかなか思えなかった。私も店の裏口で祥を待っている時にちらっと社長を見た事があるけれど、すごくガタイの良いいかにもなヤクザだった。私も一目で、偉い人だと分かった。舎弟のような人が、送って行こうか？　と車の中から声を掛けてきて、どう答えて良いのかどうか迷っている内に祥が出てきて、二人に挨拶をした。お前の彼女？　と舎弟の方が聞くと祥は曖昧に肯定して、じゃあ失礼しますと言い早々にその場から立ち去った。舎弟の向こうで穏やかな表情で、でも威圧感を漂わせやり取りを見ていたのが社長だと、祥は帰り道で教えてくれた。祥はそれから一週間くらい何度も「今後あの人たちに会う事があっても、絶対何を言われても付いていくな」と繰り返した。私には彼らがそんなに悪い人には見えなかったけれど、そう言うとお前は何も分かってないと言われた。

堅気の男は皆ヤクザを過剰に怖がっている節がある。

暗い中で見た社長の姿を思い出したけれど、彼の細い体や、穏やかな口調や、優しげな声を聞いていると、とてもあの人の息子には思えなかった。

「すごい筋肉だね。腕」

指さすと、彼は不意を突かれたような顔をして、すぐに恥ずかしそうに笑った。その彼の反応を見て、私は彼に侮られようとしているんだと、自分で気がついた。私は彼に対して自分を幼く見せ、侮らせて、見くびらせて、敷居を下げて、彼が簡単に私の中に踏み込めるように仕向けている。女の人には、例えばユイさんなんかには、絶対に見せない顔を見せている。ユイさんに見せないのは、そんなものは女に通用しないからだ。彼女は私を侮らないし見くびらない。私だっていつも女をシビアに見つめ、探るようにして戦力を測っている。

「そう？　最近衰えちゃってさ。もうちょっと鍛えたいなーって思ってたとこ」

「体は細いのに、腕がすごい」

「ボードセイリングって知ってる？」

「何か、ヨットみたいなやつ？」

「そうそう。小さいヨットみたいなやつ。あれやってたんだ。大学生の頃」

「ふうん。あれって、力使うの？」

「まあね。帆のついたサーフィンと同じだよ。エンジンも何もないから、帆に風を受けて、それだけで進んでくの。だから、まあ全身を使って風と帆を擦り合わせていくんだけど、一番使うのは、やっぱり帆を動かすから腕かな」

「ふうん。面白い？」

「面白いよ。ボードセイリングってさ、風がある時は八十キロくらい出るんだけど、三十キロを超えるとプレーニングっていって、海面を少し浮いた状態で走るんだよ」

両親が車に乗らないからかもしれないけれど、八十キロというのが車より速いのか遅いのかとか、三十キロというのが自転車よりも速いのか遅いのかとか、そういうのが全く分からなかった。でも浮くというくらいだから、三十キロというのも結構速いような気がした。

「浮くんだ？」

「うん。ボードと、海面に、隙間が出来るわけ。だから、飛んでるような感じで進んでくんだよ。磁石のプラスとプラスが離れ合うようにさ、ふわっと浮いて、風に乗って動いてくの。上手くなると波に乗って宙返りとかも出来るんだよ」

「へえ。気持ち良さそう」

「気持ちいいよ。一時期プロになろうって、本気で思ってたんだ」

「何でならなかったの？」

「それはまあ、セイリングが好きな気持ちと、技術が、一致してなかったからだな」

「今は？　まだやってるの？」

「たまにやってるよ。でもここからだとゲレンデが遠いから、あんまり行かなくなっちゃったな」

「……それって、山でやるの？」

「いやいや、海。そういう、セイリングに適した海をゲレンデっていうの」

「ふうん。いいな。やってみたい」

「今度一緒に行く？」

「行く行く」

無邪気に言いながら、この人は私を養ってくれるだろうかと考えていた。祥がしているように、私の携帯代を払ったり、生活費をくれたり、するだろうか。

「ビール好き？」

「うん」

彼は手でちょっと待って、と合図して部屋に戻り、缶ビールを二本持って来た。缶をぶつけると、私たちは喉を鳴らしてビールを飲んだ。暖かい日差しの下、煙草とビールと男がいて、私は十二分に満たされた気分だった。

「ここの洗濯機、いいよね」

「二槽式洗濯機？」

「うん。びっくりしたよ。二槽式って、初めて見た。ユイは嫌がってるんだけどさ、俺は何かすごく、気に入ったなあ。何かこれ、人っぽいと思わない？　性格があるような感じ。こっちがいっぱい洗濯物詰め込むとヘソ曲げたみたいに回ってくんないし」

「それは詰め込みすぎだよ。でも洗濯板の延長線上にある感じがするっていうか。何か、全自動の持ってるすかした感じがないよね」

「うん。全然、全自動がいいって、俺は思わないな。ユイは何か、こういうの楽しむ余裕がなくってさ」

「二階に、一つだけ全自動洗濯機あるって。使ってもいいみたいだよ」

「何それ。勝手に持って来ちゃっていいの？」

「いいみたい。確か、カツヤの部屋の、丁度上の部屋じゃなかったかな」

「俺はいいや。二槽式で。降ろすの大変そうだし。でも、全自動だったら使いたがる人いそうだけどね」

「そこの人、自殺したんだって」

「……何それ」

「ドアノブで首つりしてたんだって」

「俺んちの、上で？」

「うん」

「聞いてないんだけど」

「知らない人も多いみたい。昔から住んでる人は割と知ってるみたいだけど」

「それってさ、どんな感じだったの？　その、状況的には」

「うーん。まあ割と早い段階で見つかったみたいで、まあ、二、三日無断欠勤して、店の人が見に行ったら、死んでたって。だから異臭とかは、最小限に抑えられたみたいだし、こんなアパートだから多分改装とかもしてないと思う」

「マユちゃんはさ、そういうの聞いて何ともないの？」

「聞いた時はびっくりしたけど、何か慣れちゃった。借金苦だったみたいで。そういう理由聞いたら何かすごく現実的な自殺なんだなあって、自分にも想像出来るし、怖くなくなったみたいな。嫌でも、出て行くお金もないし」

「ふうん」

彼はそう呟いて、二階を見上げた。そっか。自殺か。と独り言を言い、彼の方こそ何とも思っていないような表情でビールを呷《あお》った。もう一本ちょうだいと言われ、煙草を差し出す時、手が触れた。温かくて、久しぶりに祥以外の男と触れた事を思い出した。一時間も話していただろうか。私の洗濯物の脱水が終わった頃、突然彼が部屋を指さしてちょっと待っててと言った。電話が掛かってきたようで、携帯で話しながらまたベランダに戻ってきた彼の話を聞き流しながら、それがユイさんからの電話である事が分かった。

「ユイだった。バイト休みになったからこれから来るって。三人で飯でも行く？」

「……うーん」

「ああいう女、苦手？」

「まあ、うん」

「あいつも、君の事良く思ってないみたいだし」

「何か言ってた？」

「まあね。十五歳と二十一歳でも、女同士は女同士なんだな。男にはよく分かんないけど」

「あんまり、話さない方がいいかもしれないよ。私と話したって」

「あはは。分かった。言わないでおくよ。また見かけたら声掛けてよ」

「うん。あ、ねえ私の彼氏って、見た事ある？」

「ああ、何度かそれっぽい人見たよ。俺も嫌われてるっぽい」

「もしも話す機会があっても、私と話した事言わないで」

「うん。分かった。誰にも言わない。君はあれでしょ？　バレちゃいけないんでしょ？　ここにいる事」

黙ったまま小さく頷くと、彼はまたねと言って手を振り、部屋に戻って行った。私もまたねと繰り返し、脱水を終えた洗濯物を干すと、下着類をかけたハンガーだけ部屋の中にかけた。雑誌を読み、しばらくテレビを見ていると、隣の部屋のドアがノックされたのが分かった。女の人の声がくぐもって聞こえた。ユイさんが来たようだった。そして二人はほどなくしてセックスを始めたようだった。

たまに、隣の部屋からそういう声が聞こえる事はあって、という事はこっちの声も聞こえているはずだった。祥は隣のそれに反応して、私を抱く事もあった。カツヤと祥がどうかは分からないけれど、私とユイさんは互いに意識し合っているに違いなかった。ユイさんが声を出すほど、私も声を出したし、私が声を出すほど、ユイさんも声を出した。でも面白い事に、祥はそれに気がついていないようだった。ただ、他の女の喘ぎ声を聞きながら私とヤる事に、興奮している節はあった。男というのは何てバカなんだろうと思うと同時に、カツヤも私の声を聞いて興奮しているだろうかと考えた。女というのは何てバカなんだろうと思うと同時に、ユイさんも私の彼氏が自分の声に反応して興奮している事を考えたりしているだろうかと考えた。そうして考えている内に、私の中のユイさんの中の私の中のユイさんの中の、と自分の考えがどんどん行ったり来たりして飛躍していくのを感じる事があった。そういうスパイラルに陥ると、私はどんどんセックスに集中出来なくなり、体と頭の中が引き剝がされていくような気がした。

帰って来るなり不機嫌な表情で、祥は制服を脱ぎ始めた。こういう事はよくあって、祥は苛立っている時にはまず黙り込んで圧力をかけ、こっちがそれに気づきびくびくし始め、どうしたのと聞くと怒りを爆発させる。彼の怒り方を知っている私は、敢えて何も聞かず黙ったままでいた。そうすると祥は更に苛立ちを深めたようで、私を睨み付けながら煙草に火を点け座椅子に座った。カツヤと話した事がバレたのだろうかと、まず考えた。でも彼が言うはずないとも思っていた。じゃあ誰かが告げ口をしたんだろうか、考えながら祥の言葉を待った。

「電話があった」

「誰から？」

「お前の母親からだよ」

ああ、と間の抜けた声を出して、安堵に近いため息をついた。ここ最近何度か着信があったけれど、出たい気分ではなく無視していた。私を囲っているくせに、妙な倫理観を持ち合わせる祥は、こうして理不尽な怒りばかりをぶつけてくる。

「電話しても出ないって。すごく心配してたぞ」

「何て言ったの」

「元気にしてるって言ったよ。お前何でそういう事するんだよ。俺だって未成年のお前を任されてる立場で、こういう事になると俺の監督不行き届きみたいな事になるだろ」

別に、私の親は私をあなたに任せたわけではない、という気持ちのまま、ごめんと言った。そもそもお前に監督されているつもりはないと思いながら、明日電話する、と呟いた。

「いい加減にしろよ。お前の更生のためにって、向こうだって俺を信じて任せてくれてんのに。こんなんじゃ申し訳がたたねえよ」

完全に感情を殺したまま、ごめんともう一度謝った。そもそも私に更生する意志などないし、そもそも何を更生すべきなのかも分からないし、娘を男と同棲させて更生させようなんて考える親がいるとも思わない。親は私が手に負えなくなって、家を出ると言う私を止める手段がないと気づき、だったらせめて一ヵ所に留まっていて欲しいと思って、私が男と暮らすのを渋々認めただけだ。私を泊めてくれる人はいくらでもいるし、キャバクラの寮に入ってもいいし、野宿生活をしてもいいし、知り合いのクラブで寝泊まりしてもいい。そう言う私を、どうにか一番安全な場所にと、彼との同棲を認めただけだ。それで私の全責任を任されたような気になっている彼は、やっぱりおかしいと思ったし、そもそも私を人間として認めていないと感じた。

「またクラブ通いしてるんじゃないかって。疑ってた」

「なんて言ったの？」

「クラブには行かせてないって言ったよ。毎日家できちんと家事やって、毎日きちんと夜寝て朝起きる生活してるって。飯も毎日作ってくれてるって」

「まあ、本当の事だしね」

私の態度に苛立ったようで、祥はこっちを睨み付けるとテレビのリモコンを私から少し離れた所に投げつけた。

「だったらお前が電話出てそう言えよ」

「タイミングが悪くて、出られなかったりしたんだよ」

「一日中家いんのに何がタイミングだよ。今電話しろよ。心配してんだから声聞かせてやれよ」

「明日する」

「今しろ」

私は充電器に差していた携帯を勢いよく取り上げると立ち上がった。

「ここでしろ」

「やだ。電波弱いし」

私はそう言い残すと玄関に向かった。誰にも見つかるなよ、という声が背中に飛んできて、うるさく吠える犬から逃げるようにしてビーチサンダルに足を入れドアを開けた。外は生暖かく、陽は落ちきっていなかった。寮の住人に見つからないように、少し離れた駐車場まで俯いたまま歩き、携帯を開いた。ふと、自分が歯を食いしばっている事に気づき、意識的に口元の力を緩めた。祥と話していると、いつの間にか歯を食いしばっている事が多い。電話を片手に、掛けようか掛けまいか迷ったけれど、祥は実家に確認の電話をし兼ねないし、掛けていなかったとばれたら今度は殴られるかもしれないと思った。実家の番号を表示させ通話ボタンを押すと、ものの数秒で電話は繋がり、母親の声が聞こえた。私だけどと言うと、大げさにちゃん付けで私の名前を呼び、彼女は何かを嘆くようにして私を責めた。でもあんまり責めると私がキレたり、連絡を絶つ事を知っている彼女は、二、三小言を言った後少し穏やかな口調になって、実家の様子を話し始めた。父親が最近仕事が忙しく、毎晩遅くに帰って来ること、兄の様子、自分の体調があまり良くないという事。色々話して、彼女は少し落ち着いたようだった。この人と中学に上がる頃まで毎日同じ家で暮らしていたなんて信じられない。何故ずっと一緒に暮らしていた彼女にここまで距離を感じるのか、理解出来なかった。私は、彼女と話している時、自分の中の一部分を完全に殺している。一部分を麻痺させて、何も感じないようにしている。そうしていないと、私は彼女の声を聞いているだけで発狂してしまう。

「それであなた」

「うん？」

「やってないでしょうね？」

控えめに、腫れ物に触るような口調でありながら、はっきりとした声で彼女は聞いた。

「やってない」

「本当に？」

「やってない」

やっぱやってる、と言ったら彼女は何と言うだろうと考えながら、携帯を少し耳から離した。彼女の息づかいが携帯を通して感じられ、気分が悪かった。

「簡単には止められないって聞いたわよ。安心しないで、常に気が緩まないように気をつけて」

彼女は何とかという雑誌に麻薬に関する記事が載ってたから切り抜き送るわねと続け、とうとう苛々している私に勘づいたのか早々に電話を切った。苛立っていたし、動悸が激しいままだった。彼女の声や気持ちや気配を少しでも感じると、私はいつも動悸が激しくなり、頭が充血していくような感覚に陥る。きっと花粉症みたいなもので、一緒に暮らしていく中でアレルギー物質がコップに溜まっていき、とうとうコップから溢れ出したように、どっとある時を境に発症したのだろう。この人といたら私は発狂する。そう思って、仕方なく逃げただけだった。別に、あの家に居ても良かった。家は好きだし、兄も父親も好きだ。彼女がいなければ、私はまだあの家に居たかもしれない。コカインに依存性はありません。あったとしても肉体依存ではなく精神依存です。私は彼女に対する気持ちを片付けるため、一度飲み込んだ言葉を頭の中で繰り返した。それに別に、今はやりたいと思ってないからやってないけど、やりたくなったらやるし、別にそれはあなたには関係ない事だ。

車止めを蹴りつけると、アスファルトに携帯を投げつけかけて、思いとどまる。苛立ちは、収まるどころか増していくだけだった。

「こんにちは」

爽やかな声が聞こえて、私はすっと胸の中の霧が一掃されたような気になった。大きく息を吐きながら振り返ると駐車場の入り口に、タンクトップと黒いスラックス姿のカツヤがいた。普通の格好なのに何となくおしゃれに見えるのが、サーモンピンク色の革靴のせいだと、彼が近づいてきて分かった。カバンも何も持たず、タンクトップでだらっと歩くカツヤは、夏の夕方当てもなく散歩する子供のようだった。これで虫取り網と虫カゴを持たせたら完璧だと思った。

「何してるの?」

カツヤは近所の子供に聞くような、何の邪気もない声で聞いた。

「電話してたの。アパート、電波弱いでしょ?」

「そうなんだ。俺今仕事上がったとこ」

「うん。うちももう帰ってる」

「そうなんだ。こんな、早番の帰宅時間に外出てていいの?」

「今日は、特別。親に電話しなきゃいけなかったの」

「ふうん。マユは親と仲いいの？」

「別に、悪くはないよ。母親の事は好きじゃないけど。まあ普通じゃないかな」

「へえ。俺んとこ、離婚してでさ。もう十年くらい前だけど」

「ふうん。どっちについたの？」

「もう十八だったから、そのままどっちにもつかずに一人暮らししたんだよ。大学入った頃だったし。親権は母親が持ってたけど」

「カツヤのお父さんって、ヤクザなんでしょ？」

「何で知ってんの？　そうだよ」

「彼氏が言ってた。お父さんって怖い？」

「怖いけど、まあ親父は慣れてるからそんなに。それよりも何か一緒にいる奴らの方が怖いよ」

「ふうん。跡とか継ぐの？」

「いや。俺の上に腹違いの兄貴がいて、そっちが継ぐみたいだから。俺は関係ない」

「ふうん。腹違いって、あれだっけ、母親が違うってこと？」

「そうそう。親父の、前々妻の子供が、俺の義理の兄貴。で、俺のお袋が親父の前妻で、俺と、もう一人下に妹がいて、今の奥さんとの間にも一人息子がいる。分散してるけど、大家族なんだよ」

「ふうん。親がヤクザで、危ない事とかないの？」

「うーん。特になかったな。でも小学生の頃さ、起きたら部屋が真っ赤に照らされててさ、何これーって思ってたら何台もパトカーが来ててさ。そのまま親父逮捕された事あったよ」

「あはは。いいな、何か楽しそうで。映画みたいだね」

「そっちだって映画っぽいじゃん。中学生で同棲なんて」

そうかなと言いながらポケットから煙草を出すと、彼が一本、と手を出した。私たちは駐車場の車の陰に隠れて煙草を吸い始めた。

「何か、君と話してると楽なんだ。こっちを貶めようとしたり、悪意持ったり、コントロールしようとしたり、しないだろうなって。何か純粋なもの持ってるように感じるっていうか。中学生だからそう思うのかなやっぱ」

「そうなの？」

「そうなのって、意地悪な言い方だな。俺って単純かな」

「かもね」

「やっぱさ、俺自身がさ、十五歳っつったらもうほんとバカで、まるっきり子供だったからそう思うだけかもしんないけど。やっぱほんとは、全然もっと腹黒いの？　もっとさ、色々考えてるの？　邪悪な事とか。十五歳なのに」

「どうなんだろう。でも私バカだから、難しい話とか出来ないし、駆け引きとかも出来ないよ」

煙草を吸い終えると、ショートパンツのポケットに携帯を入れた。もう少し話していたかったけれど、きっとあと数分もしたら祥が探しに来るだろうと思った。

「もう行かなきゃ。怒られる」

「うん。じゃあ先行きな。俺は時間差で帰るから」

「ありがと」

私は走ってアパートに戻り、帰るなりおせえよと怒鳴られジャージを投げつけられた。ジッパーの部分が腕に当たって赤くなった。怒りで顔が熱くなって、しばらく黙ったまま立ちつくしていたけれど、お前の事が心配なんだよと優しい声で言い、来いと言って私を抱き寄せる祥の腕の中で涙が流れた。これが純粋さなのかもしれないと思った。私はまだまだ騙されやすく、傷つきやすく、冷めているようで本当は冷めきっていなくて、簡単にコントロールされてしまう子供なのかもしれない。祥に怒られた事、怒られて、仕方なく母親に電話をした事、それで母親と話して平気な振りをしながら本当は激しく不安定になった事、それらの中で私は完全に取り乱していて、カツヤと話した事で少し楽になったけれど帰ったら突然怒鳴られ、そして飴と鞭で優しい言葉を掛けられ、結局のところ私は色々な事の中で不安だったり悲しかったり怖かったりして、本当はそうやって誰かに抱きしめてもらいたかったのかもしれない。それが私の幼さなら、別にそれで構わないと思った。人に抱きしめてもらったり、頭を撫でてもらったりする事でしか癒えない傷はあるし、それは永遠に、それ以外のものでは癒えないと思う。だからそうして簡単に私の望むものを与えてくれる祥の元に、私は留まり続けているのかもしれない。ずっと鬱屈《うっくつ》していた怒りや悲しみが、一度優しく抱きしめられただけで溶けてしまうという、不条理で理不尽で情けない事実に、私はいつも屈する。

コンコンコンと音がした時、反射的にユイさんかと思った。でも少し考えて、カツヤかもしれないと思った。一瞬悩んだ後に、私はコンコンと壁を叩いた。すぐにコンコンコンコンと素早いノックが返ってきて、隣の窓の開く音がした。私も窓を開けると、サンダルをつっかけてベランダに出た。

「こんばんは」

「こんばんは。ユイさんかと思った」

「今日は来ないって。友達と飲み行くんだって」

「こっち、新台入れ替えで」

「知ってる。だからノックした」

新台入れ替えのために深夜出勤に行く祥を見送って、まだそんなに時間が経っていなかった。急にカツヤが好きになっていくのを感じた。人の好意を感じると、私はいつもその人を好きになる。

「飲む？」

彼はそう言って、私が頷くのを見て部屋に戻った。細く骨張った体の彼が軽やかに動くのを見るたび、何か動物的なものを感じた。缶ビールは冷たく、生ぬるい夏の夜にぴったりだった。

「俺さあ、親父の子じゃないんだって」

「そうなの？」

「うん。今日聞いた」

「ふうん。お母さんの連れ子とかだったのかな」

「そうみたい。覚えてる一番最初の記憶にも親父がいたからさ、全然思いもしなかったんだけどさ。でもよく考えてみるとさ、やっぱ妹に対するそれと、俺に対するそれって、全然違ったなー、って。俺が男だからかなーって思ってたんだけどさ」

「やっぱりそういうのって、ショックなの？」

「まあ、とっくに家庭崩壊してるし、奴は色んなとこに家族持ってるし、別にまあ、何て事ないっちゃないんだけどさ。でも俺はこの人の子供だ、って思ってたのがさ、違います他の誰かの子です、ってなった途端にさ、何かアイデンティティーが崩れたっていうか」

「アイデンティティーって何？」

「えっと、まあ何ていうか、俺は俺だ、みたいな感じのこと？」

「自分が誰なのかみたいなこと？」

「まあ、そんなもんかな。例えばさ、マユがずっと十五年間自分は日本人だと思って生きてたのがさ、いきなり日本人じゃなかったです、どこかは分からないけどどこか他の国の人です、って言われたらさ、何かびっくりするでしょ？」

「うん。すると思う」

「まあそういう感じかな」

「楽しそうだけどね」

「うんまあ。そうだね。楽しいかもね。何かそれ聞いてさ、俺親父の事が割と好きになったような気がするんだよ。ああこいつ、本当は他人なのに父親の振りしてたんだなあとか思ったらさ、何かすごく憎めねえ奴だなーみたいな感じの気持ちになって。で、何で今言うか？　って時に言うしさ。まあ何か酔った勢いみたいな感じだったけど」

「ふうん。いいね。そうやって、自分では変えようもない、誰々の子供とか、年齢とか、性別とか、そういうのが崩れていくのって、何か羨ましいかも」

私たちは話しながら何本かビールを飲んだ。私たちの間にある縦長の仕切りが邪魔だと思ったけど、二人きりの私たちの間に仕切りがなかったら、情緒も何もなく、ただ単にセックスしてしまうだけのような気がした。

「俺さ、昔アイドルグループに入ってた事あるんだよ」

「そうなの？」

「全然無名だったけどね」

「歌ったり踊ったりしてたの？」

「うん。でも俺さ、本番になると目立ちたくなっちゃって、いつも一番前出て踊っちゃって。そんでマネージャーに怒られまくってて。そんでもって遅刻も多くて、まあ数ヶ月でクビ」

「アイドルもクビ切られる時代なんだね」

「まあ、頭数揃えるために動員されたようなもんだったし」

「アイドルも頭数揃えなきゃいけない時代なんだね」

「何かバカにしてる？」

「してないよ。見てみたかったなあ。ピンナップとかないの？」

「ねえよ」

カツヤは笑って、すぐそこに干してあったワイシャツを羽織った。寒くなってきたなと言いながらワイシャツを着て、上から二番目のボタンを一つだけ留めた。裾がひらひらとして、その着方が何だか可愛く見えた。何か、この人に告白したいと思ったけれど、何を告白すれば良いのか分からなかった。自分が誰であるのか、そういう、アイデンティティーみたいなものを、この人に伝えたいと思っていたのかもしれない。そう言えば私たちは知り合ってから、異国の人と話す時のような、軽やかな話題しか持たなかったなと思い出した。私たちには利害関係がないから、そうやってどうでも良い話だけをして、お互いに、相手が伝えたいと思っている事を、そのまんま受け取ろうとして、普通の一対一のコミュニケーションを取ってきたんだろう。大抵、人と人との関係は、相手が伝えようとする事を悪意からであったり保身からであったり、理由は色々あるだろうけれど、誤解してみせたり、勘ぐってみたり、ねじ曲げて捉えたり、他の話にすり替えたりして、結局相手の伝えたい事は分かっていても分からない振りをしたり、本当に伝えたい事とは別の事を主張してみたり、そういう回りくどい事をするばかりで結局話も関係も何一つ進まない。それに比べて、外人が「ここに行くにはどうしたらいいですか？」と片言の日本語で聞いてきた時に、下手くそな英語を交えて「ゴーライト、で、ゴーストレート」と説明する時の、互いの伝えよう、教えよう、という何の利害関係もないやり取りはなんて簡単で単純で気持ちが良いんだろうと思う。でも私は、そうして彼と何の利害関係もない、外人とのやり取りのようなコミュニケーションをしている内に、それ以上のコミュニケーションを求めるようになっている事に気づいて、自分自身に幻滅する思いだった。でもそもそも、本当はずっと利害を持ち込む隙を見計らっていただけなのかもしれない。私は自分が女であるが故に、人と真っ当な関係を築けない。

「行ってみない？」

「え？」

横を向いて彼の顔をじっと見ると、彼は人差し指を一本立て、肝試し、と続けた。ショートパンツのポケットに携帯と煙草を入れ、片手にビールを持ったまま部屋を出ると、カツヤが隣の部屋のドアに寄りかかってビールを飲んでいた。怖じ気づいたかと思った、と笑い、いこ、と続けて歩き出した彼に付いて行きながら、もやもやとした雲のようなものが濃くなっていくのを感じた。ゆっくりとした動作で上を見上げると、近い所からセミの鳴き声が聞こえた。

「ほんとに？」

静まりかえり、半分以上が切れている電灯の下、私は小声で聞いた。ほんと、と言うカツヤに迷いはなく、階段に差し掛かると少し距離を取っていた私を急かすようにほらっ、と声を掛けた。

「初めてだな、二階に上るの」

「私も」

私たちは二階の廊下を歩き、一番奥から一つ手前のドアの前で立ち止まった。ここで二階の住人に見つかったりしたら大変な事になると思った私は、いってよ、と囁いてカツヤの腕を叩いた。

「いいの？」

「だって、入るんでしょ？」

「じゃあ、開けるよ」

そう言って彼がドアノブを回した瞬間、ああそうだこのドアノブで首を吊ったんだと思い出して、腕やお腹の辺りがすっと冷えて緊張したのが分かった。ドアが開く音がすると、私は反射的に目を逸らして、カツヤの背中の辺りをぼんやりと見た。視点の合っていない視界の中に、薄暗い玄関が見えた。

「そこに死体が下がってたんだよ」

私は、カツヤに対して少しだけ非難がましい気持ちを持っている事に気がついた。いつもこうして、言葉を発した後に真意を思い出す。女っていうのは何で一番に感情で二番に言葉で三番に理性なのだろうと、自分の悪癖をまた性に転嫁する。突然がたがたと音がして、私は肩を震わせた。カツヤに手を引かれ、あっと声を出しそうになったけれどぐっと口を噤んだ。引っ張られて玄関にすとんと座った私は、彼が慌てたように、でも静かにドアを閉めるのを放心したような気持ちで見ていた。隣の部屋からまた音がして、足音がそれに続いた。隣の部屋の人が出て行ったんだと思いながら、私はじっとドアの下方を見つめていた。雨水が吹き付けただけかもしれないし、昔ここに置いてあった生ゴミから染み出た水分かもしれないし、分からないけれど、その染みがもしかしたら人のお尻や足の形になっているんじゃないかと思った途端目が離せなくなった。その染みを踏んで立っているカツヤも、私の視線に気づいたようで、黙ったまま鍵を掛けると土足で部屋に上がった。大きなため息に振り返ると、カツヤは台所の棚に背をもたせて座っていた。もう一度ドアを見て、ドアノブを直視した。何とも言えない気持ちのまま、私もビーチサンダルのまま部屋に上がり、カツヤの隣に座った。ドアに気を取られていたけれど、暗い部屋の中に入ると冷たい空気に足が竦んだ。布団も敷きっぱなしで、テレビもあればビデオプレーヤーもあった。エロ本もスロットの攻略本もあって、服も散らかっていた。煙草の箱とライターが枕元に重ねて置いてあるのを見た時、気持ち悪いと感じた。十年後の祥が、ここで死んだような妄想にかられた。

「ごめん」

「ちょっとドア開けて、ちらっと中覗いてみようって思っただけなんだよ。鍵が開いてるかも分かんなかったし」

「何が?」

「いいよ。だって肝試しでしょ?」

「まあ」

「夏なんだし。若いんだし」

「怖いね」

「そうかな」

「怖くないの?」

「何か、気持ち悪い。こんな何か、何もかもそのままだとは思わなかった」

「本当にここの人自殺したの?」

「今にもここの住人が帰って来そうだね」

「でも、こんなに人の気配のしない部屋は初めてだよ。空き部屋だってもうちょっと温かみがあるよ」

「見て」

　手を伸ばして一冊雑誌を取ると、七年前の刊行月を指さした。暗い中目を凝らすと、煙草のパッケージに書かれている注意書きが今現在のものよりもずっと小さい事に気がついた。

「遺族とか、いなかったのかな」

「身寄りのない人だったって聞いたよ。だから、後の始末が楽だったって」

「それにしたって、よく不良のたまり場とかにもならず、まんま残ってたな」

「肝試しに来た人は、他にもいるかもよ」

「でもさ、七年さ、自分の部屋がほとんど手つかずのまま残ってるなんて、思ってたかな」

しばらく考えてから、どうだろう、と呟いて、私は四つんばいになって煙草に手を伸ばした。

「おいおい。罰が当たるよ」

「七年前の煙草、吸ってみたくない？」

箱を開けた途端に虫がわっと出てくるんじゃないかとか、すごい臭いがするんじゃないかとか思ったけれど、開けても別に何て事ない煙草が出てきただけだった。少し普通の煙草より痩せているような気もしたけれど、私は死人の煙草を一本口にくわえると、死人のライターで火を点けた。七年間持ち主を失っていたライターは、意外にも一発で火を灯した。絶対賞味期限過ぎてるよ、と言いながらカツヤも一本口にくわえ、火を点けた。顔を見合わせ、まずっ、と言うと私たちはすぐに死人の灰皿で煙草をもみ消した。私の煙草を吸い、ビールを飲んで口直しをすると、私たちは死人の布団に横になって、流れでセックスをした。服を脱ぐ時、カツヤが胸元から肩の辺りをつかんでタンクトップを引っ張るように脱いだのを見て、ああこの人は他人なんだと思ってすごく愛おしい気持ちになった。でもいつか、この人が他人であるという事が、どうしようもなく自分を苦しめる時が来るのかもしれないと思った。終わった後裸のままベランダに出て、私たちは死人の全自動洗濯機を見て、また死人の布団に横になってじゃれ合った。午前三時に、そろそろ祥が帰って来るなと思い出して、帰らなきゃと言って私は服を着た。部屋を出る時、記念に七年前の煙草をポケットに入れた。一階に戻ると、私たちは周りを気にしながらキスをして、それぞれ部屋に戻った。

セックスをして、私たちの関係は利害関係になった。野生の猿が森の中で出会って交尾をする、みたいな事だった私たちの関係は、もっと人間的で気持ち悪くて面倒臭いものになった。カツヤは、私が社会的にも日常的な意味に於いても周りの人間関係に於いても、立場や居場所を持たなかったからこそ、あんなに簡単に私に好意を示せたわけで、恋愛関係になってしまえば、そこには簡単に面倒臭いコミュニケーションや駆け引きが生まれて、それはつまり恋人とか彼女といった立場を得た瞬間から、その人にとって相手は猿から人間になってしまうという事なんだろう。私は、中学生で、親元にも居らず、学校にも行ってなくて、根っこがないから、皆が簡単に可愛いと言い、簡単に口説き、簡単にセックスをした。でも私がそういう彼らに対して愛情を感じたのは、私は彼らの彼女という立場や居場所や、例えばアイデンティティーみたいなものが欲しかったからであって、それは、そもそも始まりから目的の違う、すれ違った始まりだったのかもしれない。

私とカツヤはしばらくダブル二股をして、ほどなくしてユイさんが私たちの関係に気がついた。ある日、洗濯をしにベランダに出た途端ユイさんがベランダの仕切り越しに声を掛けてきた瞬間、彼女が何かを知ったんだと気がついた。彼女はにこやかに話しかけ、だいぶ寒くなってきたねと続けた。

「寒くなってくると、洗濯嫌ですよね」

「そうだね」

「冬とか、水が冷たくて、手が真っ赤になって、麻痺しちゃうんですよ」

「マユちゃんのとこ、最近喧嘩が多いみたいだね」

「彼、最近忙しくて苛々してるみたいで」

「殴られたり、してるの？」

「何でですか？」

「言い争いも多いし、たまにすごい音するからさ。カツヤも心配してた。先週かな、何かが割れるような音がして、ちょっと何か言いに行った方がいいんじゃないかとか言って、彼がすごくおろおろしてて」

「あはは。大丈夫ですよ。逃げる所がないわけじゃないし」

「マユちゃん、うち来てるよね？」

「行ってないですよ」

「マユちゃんの吸った煙草がさ、よくゴミ箱に捨ててあるの。何であれでばれないって思うんだろうね、男って」

私は苛々しながらユイさんを見つめた。惨めな女だと思った。多分、今日私にこの話をするために、念入りに化粧をしたのだろう。いつもよりも化粧が濃かった。

「何が言いたいんですか？」

「マユちゃんはどうしたいの」

「何をですか？」

「こっちは真剣に話してるんだから、とぼけないで」

「どうしたいって、何もかもが自分にとって都合の良い状況になればいいなって、思って生きてるだけだよ」

「カツヤには他にも女がいるよ」

「何ですかそれ」

「元カノともまだ会ってるし、店のバイトの子とも多分できてる。そういうだらしない奴だよ」

私は一瞬考え込んだけれど、考え込んだ事を見抜かれたくなくて、煙草に火を点けた。火を点けるまでの間に、次の言葉を探す。

「ユイさんは、何をどうしたいんですか？」

「結局、浮気を容認するって言っても、浮気は認めないって言って怒っても、惨めなだけでしょ。だから何もしない。容認もしないし、怒りもしない」

「でも黙っていれば容認してる事になりますよね」

「私は、何らかの方法であの人に復讐すると思う」

ユイさんは吐き捨てるように言って、ふいっと背を向けて部屋に入ってしまった。私は復讐という言葉と、頭に浮かぶカツヤのあの軽やかな言葉や体が不釣り合いで、ユイさんの言葉を消化出来ずに戸惑っていた。一人取り残されたような気持ちで、洗濯物を脱水機に入れて、つまみを回すと部屋に戻った。ユイさんが、ドアノブで首を吊っている姿が頭から離れなかった。時折、壁に耳をつけて隣の様子を窺ったけれど、隣から物音は聞こえなかった。眠っているんだろうかと思うけれど、あんな話をした後にぐっすり眠れるだろうかとも思う。やっぱり首を吊っているような気がしてならなかった。でもそうなればそうなったで、別に私には好都合だった。彼女が死ねばただただ後は、冷静に祥とカツヤのどっちを選ぶかゆっくり考えれば良いだけだ。カツヤには他にも女がいるという話を、これからどういう形でカツヤに問い詰めれば良いだろうと考えるものの、なかなか良い戦略が思いつかなかった。そもそも私は浮気相手なわけで、問い詰めるのはおかしいけれど、何股もされて黙っているわけにはいかない。でも彼の勤務時間と家にいる様子を隣で観察していると、彼がそんなに何股も出来るとは思えない。ユイさんが私をカツヤから遠ざけるために嘘をついたんじゃないか。でもあの話には妙に信憑性があったようにも思う。

これからの出方を考え尽くし、うんざりしてきた頃、コーラを買いに行こうと思い立って携帯と財布と煙草を持ってアパートを出た。空は秋晴れで、風は冷たかった。スポーツセンターの駐車場にある自販機でコーラではなくドクターペッパーを買うと、フットサルコートの脇にある、観戦用のベンチに腰かけて缶を開けた。今日は誰もフットサルをやっていない。辺りは静かだった。たまに車が通るだけで、駐車場にも人の姿はほとんどなかった。右手にある打ちっ放しからひっきりなしにカンッ、というクラブがボールを叩く音が聞こえて、そのたびに何だか私は身構えてしまう。前に、ネットが破れていたのか、寮の方までボールが飛んできた事があったからかもしれない。あれに当たったら、やっぱり人なんて簡単に死んじゃうんだろうか。人は、接待のためかただの趣味か分からないけれど、ゴルフが上手くなりたいというおやじの気持ち一つで死んだり死ななかったりするのかと思うと、医療とか科学とか産業とか宇宙に行くとか、そういう世の中で起こっている大半の事に意味がないような気になった。携帯が鳴って、メールを見ると友達からで、最近連絡ないけど元気？という内容だった。スポーツセンター以外に大きな建物がないせいで、辺りの殺風景な眺めの中で、電柱だけが浮き出ているように見えた。電柱って何だっけ。ああそうだ、電気を通してるんだ。電話線とかも電線なんだっけ。じゃあガスとか水道はどうなってるんだろう。ああそうか地下から通ってるのか。携帯電話は、アンテナとか電波塔から発信されてるんだっけ。それは、システム的にはラジオとかと同じなんだろうか。でも多分東京にいる友達から、一瞬にしてこの埼玉のど田舎までメールが届くって、考えてみたらやっぱすごいよな。何となくそういう意味のない事を考えながら、私は自分が知らない事がたくさんあって、たくさんありすぎて、だから自分が何なのかとかどこにいるのかとかが分かっていないだけなんじゃないかと思った。いつも誰かの何かになる事でしか自分を作れなかったけれど、結局そんな風にして作られた自分はその誰かとの関係の中で簡単に消滅してしまうわけで、そう考えると今私がすべき事は、このど田舎でドクターペッパーを飲む事じゃないのかもしれない。でもすべき事なんて考え方自体がバカげてるように思う。すべき事って何だろう。私は何をしたいんだろう。でもそんなの状況によって変わるものだし、本来の自分が求めてる事、って言ってもその自分っていうのも結局周囲との関係性によって象《かたど》られた自分でしかなくて、って考えていると頭が悪くなったようになって、結局秋晴れの空を見上げて目を瞑った。もう大分、日差しが弱くなってきた。ああ日サロ行きたい。不意にそう思って、とりあえず日サロのある所まで旅をしようと思った。確か所持金は二百円くらいだったけど、まあ何とかなるだろうと思った。世の中には親切な人がたくさんいる。ドクターペッパーをベンチに置くと、私は立ち上がって、携帯でメールを打ちながら歩き始めた。ぱたん、ぱたん、と響き渡るビーチサンダルの音が、私の背後で何か鳥みたいなものになって、方々に飛び去っているような気がした。

沼津

厚い雲の下、私たちは電車から降りると空を見上げ、着いたら晴れてるかもしれないじゃん、という電車の中での提案が外れていた事を確認した。まあ明日は晴れるでしょと言うユウコの言葉に、だといいけど、と答えつつ路線図の看板にじっと見入って、沼津《ぬまづ》から二つ東京寄りの駅を指さした。ユウコは私の指の先を見つめると、顔を曇らせて振り返り「なにみなみ？」と聞く。私もまたしばらく路線図を見つめた後、首を振った。「函南」という字が、私たちには読めなかった。

「ねえこれってさ、はこだての字でしょ？」

「あ、そっか。はこだてって字の中に入ってた気がする。マユ頭いー」

「はこ？　それともだて？」

「はこみなみ？　だてみなみ？」

ユウコの提案の、どちらも間違っているような気がして、首を捻る。

「ねえそれって訓読み？　それとも音読み？　あれ、一人って字をひとりって読むのが訓で、いちにんって読むのが音？」

「えー。マユ難しい事言わないでよわけわかんなくなるし」

「いやだからつまり、はことだて、以外の選択肢があるんじゃないかって思って」

「えーそんなの言われたってはこかだてかも分かんないのに」

「まあでも、はこみなみとだてみなみだったら、はこみなみの方があり得るよね」

「そうだね。だてみなみじゃ意味分かんないし」

そうだねそうだね、よしはこみなみだはこみなみ、と繰り返しつつやっぱり不安で、携帯の新規メールを作ってはこだてを変換すると「函館」と出て、ユウコに見せる。

「合ってる合ってる。はこみなみだよ」

「ほんとだ。でも何か変な名前だね、はこの南って」

「何かさあ、町がさあ、箱みたいな形してんじゃない？」

えー何それー、とバカにして笑うユウコとこづき合いながら、改札に向かう。

「すみませーん。二人で切符まとめて袋に入れといたら電車に置き忘れちゃったんですけどー」

「どこから？」

「はこみなみ駅からです」

「え？　ああ、函南駅ね」

「かんなみ、ですか」

「君たち、観光客？」

「はあ」

「あれはかんなみって読むんだよ。じゃあ、一人二百三十円ね」

「えー？　払わなきゃ駄目ですか？」

「うーん。決まりなんでね」

私たちは渋々という表情で二百三十円を払って改札を出た。間違ったけど疑われなかったね、とユウコはどことなく嬉しげだったけれど、私は少し恥ずかしかった。

御茶ノ水駅で百三十円の初乗り切符を買って入ったから、一人につき三百六十円で沼津まで来た事になる。私たちは毎年沼津に来ているけれど、毎回こうして鈍行列車を使い、五百円以下で来ている。というよりも、五百円以上だったら来れないだろう。帰りは、初乗り切符だけ買って、出る時はフェンスを乗り越え更に節約、と思いながら二百三十円分軽くなった財布をバッグにしまう。

駅前の商店街を抜けると、寂れた町並みを二人で歩き続ける。薄汚い民宿やビジネスホテル、干物屋、土産物屋、干物屋、魚屋、とぽつぽつ店が点在しているけれど、そのどれにも目を奪われる事なく歩き続ける。アップダウンの激しい道に、ビーチサンダルの足が既に痛み始めていた。

「どのくらい、きたと思う？」

「十分の一くらいじゃない？」

私の言葉に、ユウコは吐きそうな顔をして立ち止まった。

「つーかユウコんちの家なんだからユウコの方がよく分かるでしょうが」

「タクシー乗らない？」

「金持ちみたいな事言うなよお前。大丈夫だよ絶対にあと十分以内にナンパされるから」

「でも何か、まだ観光客っぽい人たちいなくない？　むしろ寒いし」

「大丈夫だよ」

「じゃあ座ってナンパ待たない？」

仕方なく、二人で大して広くもない歩道に座り込むと、しばらくして黒いワゴン車が停まった。ねえどうしたの？　と助手席から聞いてくる男に、うーん疲れたから休んでるの、と答えると普通にじゃあ送るよと言われて、私たちは目でコンタクトをとってから車に乗り込んだ。

「てゆーかちょー天気悪くない？」

「悪い。びっくり」

「どこから？」

「東京」

「まじで？　俺ら埼玉」

沼津にナンパに来ている男たちは、千葉と埼玉が圧倒的に多くて、次に多いのが東京と地元だ。

「まじで？ 近いじゃん」

ユウコは黒いマッチョが気に入ったのか黄色い声をあげた。おいおいお前やっぱいかちー系好きだな私なんか絶対無理だよそんな黒いマッチョ。と思いながら窓の外を見つめる。電車も速いけど、車も速い。そして車はとても便利だ。来年免許とろうかなー、なんて預金残高三十二円のくせに考えていると、運転席の男と目が合った。一瞬見つめ合った後に、鼻で笑うような態度で目を逸らされた私は、口をぽかんと開けたままバックミラー越しに男の顔を見つめていた。そしてその運転席の男がまだ一言も口をきいていないのを思い出す。

「ねえ彼は？」

助手席のマッチョに聞くと、ああこいつは俺の友達、と何とも味気ない答えが返ってくる。いやいや友達は分かるけど何で喋らないわけ？ と聞くとああこいつナンパ嫌いだから、と身も蓋もない答えが返ってくる。だったらナンパすんなよお前。と言おうかどうか迷って止めた。

「どうする？ 家の前まで送ってもらう？」

「いいんじゃない？ こいつら無害っぽいし」

ユウコはそうだよね、と呟いて、そこを右、そこを左、と指示を出していった。段々懐かしい風景が目に入るようになって、少しずつ気分が盛り上がっていく。ユウコの親の持っている沼津の別荘に毎夏訪れるようになって、今年で三年目になる。高校で知り合ったユウコとは、高校を中退した今、生活も友達も違うけれど、気が向いた時にメールをして、予定が合えば渋谷辺りで会うっていう感じで仲の良いまま付き合っている。

高校中退後、彼氏の家に転がり込んでもう二年近くになるけれど、炊事洗濯日常雑務の中で生きていると、時々ユウコが羨ましくなる。私も毎日遊んで暮らしたいなー、と思いながら、それでも私はきちんと毎日食事を作り掃除洗濯をして、彼氏と毎日スロットやパチンコを打って生活している。合コン飲みオールサークル、っていういわゆる高校生活の真っ直中にあるユウコは輝かしい青春を送っているように見えるけれど、本人からしてみればはあ？って感じなのかもしれないし、私が勝手に隣の芝生は青いなあ青いなあと思い込んでいるだけなのかもしれない。今の私は、「十代なのに何この面白味の欠片もない生活」と思っているけれど、まあ角度を変えてみれば面白い生活に見えるのかもしれないし、あるいは十年くらい経ってから思い返せば輝かしき青春にも見えるのかもしれない。でもとにかく今は面白味の欠片もなさすぎて、ちょっとくらい面白い生活がしたいという気持ちから浮気を始めていたけれど、まあそれも慣れてきたらそれはそれで面白味がないような感じがしてきた矢先の旅行だった。青春ていうのはそういう、どんなに遊んでもどんなに充実していてもどんなに男とヤッても物足りない感じのする時期の事なのかもなー、と片付けようとしてはばかばかしい気持ちになるのが青春についての最終的な結論だった。

「ねえ明日とかどうすんの?」

「あー。まあ、海かな」

「俺らさー、今夜ちょっと予定あって動けないんだけど、明日ビーチ行くなら一緒に行かない? 送るよ」

「あーまじ嬉しい。何時くらいに行く?」

「朝からでもいいよ」

「私たち支度時間かかるから、多分昼くらいになると思うけど、じゃー起きたら電話してよ番号教えとくから」

ユウコがマッチョと盛り上がって話をつけている間、私は携帯をいじっていた。浮気相手と彼氏からそれぞれメールが来ていて、「今何してる?沼津ついた?ユウコちゃんと一緒?」と軽く疑心暗鬼な彼氏に「沼津ついたよー。ちょー曇り。東京っつーか御茶ノ水からずっとユウコと一緒だよ」と返信し、「この間はごめんね」という浮気相手に「何のこと?」と返信した。車がトンネルを抜けて山を登り始めた頃、携帯が鳴り始め、車に乗っている四人がそれぞれ自分の携帯を気にし始める。あ、わたしわたし、と言いながら携帯を見ると浮気相手の名前が映し出されていて、大きな声で「静かにしてね」と言うと、他の三人は事態を察したのか、車内は突然しんとした。

「もしもし？」

「あーもしもし？　沼津ついたんだよ。ごめんねってなに？」

「この間さ、ほら、迎えにきてって言われて、行けなかった時あったじゃん。怒ってんのかと思ってた」

「そんなわけないじゃん何で私が怒んの」

「だって、あれから連絡してくんなかったし」

「何で私から連絡するもんだって決めてんのそういうの変くない？」

「やっぱり怒ってんじゃん」

「ないよ」

「悪かったよ。機嫌直してよ」

「怒ってないし機嫌壊してないし。そういうの困るよやめてよ。つーか今まだ別荘向かってる途中だからさー」

「じゃあ、後で電話して。あと、東京帰ってきたら一番に会ってよ」

「分かったよ明日する。じゃあね」

電話を切ると、押し黙っていてくれた皆にありがとねごめんねと言って携帯を閉じた。浮気相手でしょ？　と事情を知っているユウコは指摘して、それを聞いたマッチョはえー浮気？　と嬉しそうな声を出した。何となく浮気くくりされる事に抵抗があったけれど、そんな事に抵抗のある自分が面倒臭くなってまあねーと答えると、ねえ結局最後のコンビニ通り過ぎちゃったけど今日のご飯どうする？　とユウコにふった。

「白米？」

「はくまいってあんた」

「何かないかなー。冷蔵庫に肉とか入ってないかなー」

「冷蔵庫に入ってたら腐ってるよ」

「冷凍庫だったらいいの？」

「まあ、一ヶ月くらいはもつんじゃない？」

マッチョが私たちを振り返り、君たちお金ないの？　と聞いた。ない、と声を合わせて答えると、マッチョは明日メシ奢《おご》るよと言った。わーい、とまた声を合わせると、いよいよ懐かしいモダンな平屋が見えてきた。あ、そこそこー、と運転手の男に言うと、車は別荘の目の前に停まった。

車を降りると、マッチョはまた電話するねーと手を振った。こうしてナンパしてくる男たちとの、もう二度と会わないかもという可能性を孕んでいるにも拘らず限りなく軽い別れが、いつも心地好い。助手席の窓から運転席の男と目が合って、じゃあね、と手を振ると男はやっと少しだけ微笑んだ。

インスタントコーンスープをご飯にかけてお湯を注いでコーンスープご飯を食べ、しばらく二人でソファに寝そべってだらだら男のグチ大会を繰り広げた後、その満腹の勢いで眠ってしまった私たちは午前六時に目覚め、カーテンを全開にして昨日とは打って変わっての晴天にはしゃいでいた。ぎらぎらした日差しに庭の木や雑草がぎらぎら反射して、外一面にクリアのグロスが塗られているようだった。

「さすがにまだタカシ起きてないよなー」

「誰タカシって」

「昨日の人」

「ああ。送ってくれるって言ってた人ね。まだ寝てるでしょ。支度終わったら一応電話してみよーよ」

私たちは朝ご飯にコーンスープを飲むと、順番にシャワーを浴び、次々と化粧道具を出して支度を始めた。

七月入ったばっかなのに暑すぎる。一昨日ユウコと渋谷のロータリーに座り込んでいた時の、私のこの言葉が発端だった。じゃあ明日から沼津行こうよ、と答えたユウコに最初は何この子バカ？ と思ったけれどぶつぶつ言いながら少し考えていたら、次第に素晴らしい提案に思えてきて、じゃあ行こうすぐ行こう、と決めてその日の内に明日から四日バイトを休むと連絡して店長に怒られたり、浮気するから絶対に駄目だと言う彼氏を押し切ったりして、昨日出発した。東京を出た途端曇り空で、あーこの四日間ずっとこんな感じだったら完全にフライングだね、と恐れていた事態になりつつあるのを危惧《きぐ》したけれど、やっぱり私たちの狙いは間違っていなかった。

二人ではしゃぎながら化粧をし、髪の毛を乾かし、私は時折庭に出て煙草を吸った。支度を終えて午前八時、ユウコはタカシに電話をした。意外にも起きていたタカシは一時間後くらいには行くよと言ってくれたけれど、私たちは太陽の光を待ちきれず、家の前の路上に座り込んで肌を焼きつつ彼らを待った。

「朝早いねー。俺らも昨日十二時に寝たから超元気」

タカシは乗り込んだ私たちを振り返って言った。運転席の男はサングラスをかけていて表情がよく分からない。ユウコは、家の前でやって来た車を見た瞬間、あの運転手の男絶対ナルだよきもくない？ と呟いた。ユウコは、サングラスをかけている男を見るとほぼ八十パーセントの確率でナルだと言うし、カラコンを入れている男を見るとくすくす笑うし、ちょっとでも自己愛的な事を言う男に対しては悪意も遠慮もなく「はあ？」と言う。

　ビーチに到着すると、一年ぶりの海ビーチ砂浜の暑苦しい景色に、若干気が重くなる。毎年そうだけれど、ビーチに来てからしばらくは憂鬱になる。自分の中のビーチのイメージと、現実とがかけ離れすぎているのかもしれない。

　ピーク時に比べると、まだ五割くらいの混み方で、ビーチの真ん中辺りにシートを敷いて落ち着くと、男二人は着替えてくんねと言って、車に戻った。キャミソールとショートパンツを脱ぐと、下に着ていたビキニだけになって、私たちはすぐに日焼けオイルを塗り直す。背中にオイルを塗ってもらっていると、きゃっきゃとはしゃぐ子どもたちが十メートルほど向こうにいて、私はユウコを振り返った。

「ガキがいるね」

「うるさいね」

「離れよ」

　さっさとシートから降りると、皆の荷物を載せたままシートをずるずると十メートルほど引きずって、新ポジションでまた座り込んだ。

「おーす。うわービキニ。いいねー。つーか動いてね？」

　タカシが戻ってきて、不思議そうに言った。ちょっとうるさかったから動かした、と子どもたちの方を顎で指すと、タカシは苦笑してシートに座った。

「あれ、あの人は？」

「ああ、リョウ？　飲み物買ってくるってさ」

「あ、じゃあ私ビールがいい。あと焼きそばも食べたい」

絶対ビール朝ビール、と言うと、タカシは電話をかけて伝えてくれた。来いって言ってる、と面倒くささそうな顔をするタカシに、行くよと言って私は屋台の方に向かう。ハイビスカスのコサージュがついたビーチサンダルの中に砂が入り込んで、足の裏に痛くすぐったい感触が走った。

「おーい、こっち」

リョウに声を掛けられて、振り返った。サングラスは長いネックレスに引っかけられていて、今初めて彼の顔をまともに見たんだなと思う。リョウが両手に持っている焼きそばを受け取ると、彼は発泡スチロールの中で氷水に沈む缶を眺めた。

「ビールはどれ？」

「スーパードライ」

「みんなは何がいいって？」

「スーパードライ？」

「ほんとかよ？」

「分かんないけどスーパードライ嫌いな人はいないと思うよ」

リョウはスーパードライのロング缶を四本と、あとやっぱたこ焼きも食べたいと言うとたこ焼きも二皿買ってくれた。ビールと食料を両手いっぱいに持ってシートに戻ると、タカシとユウコはもういなくて、だいぶ沖の方で遊んでるのが見えた。

「じゃあ、乾杯」

二人で乾杯すると、焼きそばに手を伸ばした。脇目もふらず一皿たいらげて、たこ焼きを半分食べると、箸を置く。昨日はコーンスープご飯一杯で、朝はコーンスープしか食べなかったから、と自分の中で言い訳じみた事を考える。

「このくらい残しておいた方がいいよね」

「よく食うね」

「育ち盛りなんで」

「いいよもっと食べて」

言われて、まあいいかと、半分残したたこ焼きも完食した。リョウは食べないの？と聞くとリョウはたこ焼きを二つ口にして、箸を置いた。お腹がいっぱいで、仰向けになって日差しを浴びる。目元に腕を置いて、瞼の奥でじりじりと蒸発してしまいそうな目玉を守った。時々ビールを飲むために顔を上げると、私から数十センチ離れた所で後ろに手をつき海を眺めているリョウが目に入る。

「なんて言うの？　名前」

「マユだよ」

「そう。いくつなの？」

「十七」

「ふうん」

「いくつ？」

「二十四」

「あの人は？」

「一個上。二十五」

「何友達なの？」

「同じ大学だったんだよ」

「リョウは働いてるの？」

「働いてるよ」

そう言ってリョウは笑った。働いてるのって、何か変だな、とおかしそうに言う。

「え？」

「だって、この歳で働いてなかったら何してるんだよ」

ああ、そっか、と言いながら、私にはその感覚があんまりよく分からなかった。私には、働いている、という感覚がよく分からない。二十四で働いてなかったら、どうなんだろう。私は、二十四になっても、二十八になっても、三十を超えても、働いている気がしない。いつの自分に思いを馳せても働いているイメージは出来ないし、これまでも、自分が働くという事を前提に考えていた事はなかった。二十歳を過ぎたら、少しは働く事を考えるんだろうか。

「マユは、いつも何してるの？」

「いつも？　スロットパチンコ。家事炊事」

「家事手伝い？」

「うーん。同棲してるからちょっと違うかな。リョウは？」

「仕事。帰宅。寝る」

「ああ。そう」

手で目元に影を作って、寝たままリョウの方を見た。きゃっきゃと遊ぶ子どもの声が聞こえる。もっと離せば良かった、そう思いながらリョウの方に身体を向けて、横になる。胸の肉がぐっと寄って、谷間が出来たのが分かった。

「ねえ」

「うん？」

「俺の彼女さ」

「うん」

「婚約者なんだけどさ」

「うん」

「痩せてるんだよ」

「は、何それ。私が太ってるとか言うのあんた」

「いや、少なくとも太ってはいないけど、健康的に見える」

リョウはそう言って横になっている私を見下ろした。で、何。彼女が痩せてるのが、いいの？　悪いの？　と聞くとリョウは困ったように笑って、嫌なんだよ、と心底嫌そうに言った。私は、リョウの婚約者の事を想像してみた。痩せ細った女の子を。そして自分のいないところで、ナンパした女の体を見て、俺の彼女痩せてるんだ、と言われている女の子を。私は何故か突然息苦しくなって、その息苦しさをどうにかしようと、上体を起こしてリョウの方を振り返った。

「いつすんの、結婚」

「来年の春かな」

私は口を閉じて少し俯いた。

「みどりって言うんだ」

「彼女？」

リョウは黙ったまま頷いた。何でそんな事を言うのか分からず、口を固く閉じて彼の顔をじっと見た。さらさらした黒い髪、まだ全然焼けていない、痩せても太ってもいない体、静かな顔立ちの中で一際綺麗な目元に視線が留まる。彼は私と目を合わせず、寝そべって目を閉じた。私は座ったまま、彼を見ていた。しばらくしてビールを飲み終えると、じっと目を閉じてもう眠ってしまったのかどうか分からないリョウをおいて、一人で海に向かった。思った以上に水が冷たくて、全身に鳥肌が立つ。一瞬戻ろうかと思ったけれど、振り返って寝そべっているリョウを一瞥すると、無理矢理足を踏み出して一気に太ももの辺りまで入った。やけくそな気持ちで、遠くにいるユウコたちにおーいと声をかけて手を振ると、手招きする彼らの元に泳ぎだした。

結局何本もビールを空け、近くにいた男の子たちに誘われてビーチバレーをやってはまた酔いが回り、更にその後ファミレスでチューハイを飲み続けた私たちはかなりいい気持ちになった挙げ句、疲れ果て、昼の三時過ぎ、一人だけあまり飲まなかったリョウの運転で、四人で帰宅した。

汚いシャワー室を嫌って、誰一人としてビーチでシャワーを浴びてこなかった私たちは、順番にシャワーを浴び、ユウコ、リョウ、と出た後に私が入った。べたべたする体と、砂の交じった髪の毛が気持ち悪くて、頭から一気にお湯を浴びる。髪の毛も身体もしっかり洗って、風呂場を出て身体を拭いている途中、鏡の中の自分に目が留まる。痩せてはいないけれど、スタイルは良いと言われる。そこまで背は高くないし別にグラマラスと言えるほどでもないから、中途半端と言えばそうかもしれないけれど、バランスの良い体だとは思う。でも上がって洗面所にあった体重計に乗ると四十五あってちょっとびっくりする。アナログの安いのでいいから、次の給料が出たら彼氏に体重計を買ってもらおうと思いながら、手早くワンピースを着た。

「タカシいる？」

タカシを寝かせた寝室を開けて聞くと、ソファに腰かけたタカシの上にユウコが座ってきゃっきゃとはしゃいでいた。何かのゲームをしているようで、「ウシ」「メロン」とよく分からない単語を繰り返してじゃれ合っているのを見て、大げさに苦笑してみせる。

「あー、後で入る。ありがと」

「はーい。あれ、リョウは？」

リビングじゃなーい？　ユウコの言葉を背にドアを閉めると、髪の毛を拭きながらリビングに戻る。ソファに横になってまた目を閉じているリョウを見つけて、私は静かに冷蔵庫から水を取り出してコップに注いだ。ごくごくと半分ほど飲むと、窓に向かってまた髪の毛をわさわさとタオルで拭いた。まだ明るい陽気に、また外に出たい気持ちが疼く。ソファの端に腰かけると、目を開けたリョウに突然ぐっと引き寄せられてキスをした。何度もキスを繰り返して、舌を絡ませながら、私たちは目を開けて互いを見た。リョウの髪の毛も私の髪の毛も半乾きで、キスをしながら二人とも、その半乾きの髪に何度も指を通した。カラーリングで傷んだ髪の毛に、リョウの指が何度か引っかかって、少し申し訳ない気持ちになる。彼の婚約者は多分金髪じゃないだろうし、手櫛《てぐし》を入れても引っかからないんだろう。シャワーの後だからか、空調のきいた部屋で私たちの身体はぽかぽかしていた。リョウの誘導によって私は隣に寝そべり、おでこをくっつけたまま抱きしめ合って、何故か分からないけどよく知らない男の温かさに安心したら、急激に眠気が襲ってきた。

十分くらいかと思って時計を見ると、一時間経っていた。隣でまだ眠っているリョウを起こさないように、そのままの体勢で天井を見つめる。ダイニングテーブルの方に置いた、私のバッグの中で携帯が鳴っているのが聞こえた。小さく、振動音と共に鳴り響くくぐもったメロディーを無視して、じっと身を硬くする。タカシとユウコはあのままヤッたのかな、ていうかまだヤッてる最中かな、と思いながらくすぐったい髪の毛を掻き上げようと頭を上げた拍子に、リョウが目を開けた。

「……寝てた」

「寝てたね」

リョウの腕枕の上で髪を掻き上げ、胸元に顔を押しつけた。人の温かさが何でこんなに心地好いんだろうと思って、冷房が強すぎるんだとすぐに気づいた。

「いいね。若いって」

リョウは私の頭を撫でながらそう言って、手の平で頭を包むようにして両腕の力をこめた。それは幻想だと言えばいいのか、若いっていいよと同調すればいいのか、分からなくて、んー、と甘えた声を出してやり過ごす。

「君たちが歩道に座り込んで、何か大げさなジェスチャーで話してるの車から見て、何かいいなって思ったよ」

「何か悩んでんの？」

笑いながら聞くと、リョウは恥ずかしそうに笑って私から目を逸らした。そう言えば、彼氏でも浮気相手でもない他の男の人の胸の中で温まるのは久しぶりだと思い出す。離れがたい気持ちになった途端、寝室の方から物音がして、私たちはどちらからともなく、ふっと十センチほど距離をとった。また訪れた静寂の中で、私たちは黙ったまま更に距離をとり、私は上体を上げた。リョウに手を取られて、それを握り返しながらぼんやりと窓の外を見つめる。もう暗くなっていた。

「俺ら今日帰るんだよ」

「そっか。じゃあ明日はビーチまで送ってもらえないんだね」

「何か、面白かったよ」

「私も」

「道ばたに座ってたり、他の男たちとビーチバレーやってたり、こんな適当な女たちは、今まで俺の周りにいた事がなかったよ」

「え？　そうなの？」

「そうだね」

「ふうん」

「何か、最近色んな事に飽き飽きしてて」

自分たち本位で、実際のところナンパ相手の事なんて人としてというより財布として見ている私には、リョウがそうやってナンパした女の事を人として捉えて、他の自分の周りにいる女たちと普通に比較したりしているのが、少し不思議だった。しばらく黙ったまま、窓の方やキッチンの方に目をやったりして、汗ばんできた二人の手が不快感をもたらし始めそうな頃、ぼんやりとしていた焦点を合わせてリョウを見た。

「リョウさ、あんた、結婚してんじゃない？」

「何それ。何で？」

「何か婚約者って、何か変だなーって」

「何だよそれ」

リョウは笑って、やっと起き上がった。髪もだいぶ乾いていて、そう言われれば昨日会った時よりもだいぶさっぱりした表情に見えた。セックスもしてないのにそんなにすっきりした表情を見せてくれるなら、まあそれはそれで幸せな事だ。そう思いながらソファを立つ。ダイニングテーブルで、さっき飲み残した水を飲み干す。陽に焼けて、じりじり痛む肩と背中が一瞬すっとした。椅子に置いてあるバッグをまさぐって、さっき無視した着信を見ると彼氏からだった。夜掛け直そうと思いながら、またバッグに戻す時にテーブルの上で不在着信のランプがついている携帯を見つけた。リョウの携帯だと気づいて、持って行ってあげようと手に取った瞬間サイドボタンを押してしまい、外の液晶画面が光った。どきっとして目を逸らそうとした瞬間、画像が目に入って一瞬固まった。にっこり笑っている女の人と、その女の人と顔をくっつけるようにして笑っている、小さな女の子がいた。背中の辺りがひやっとした。音をたてないように携帯を元の場所に戻すと、私は自分の携帯だけを持ってソファに戻った。ぼんやりと窓の外を見ているリョウの隣に座って、みどりという、彼が口にした名前を思い出していた。何故か、さっきまで温かさを分け合っていたリョウの身体が、今は生々しくグロテスクな生き物に見える。白熱灯の光によって出来たリョウの影が私の左半身に落ちて、私は居心地の悪さを感じる。私たちはそれから一度も触れ合う事なく別れた。

夕方過ぎにタカシとリョウを見送った私たちは、白米に塩コショーをかけた夕飯を食べると、L字ソファの縦横に寝そべって携帯をいじり始めた。

「マユ、ヤッた？」

「てない」

「あ、そうなんだ」

「そっちは？」

「た」

「声聞こえなかったな」

「出さなかった」

「どうだった？」

「別に」

「ふうん」

「そっちは何してたの二人で」

「寝たり、話したり」

「ふうん。何か面白い話あった？」

「別に」

「連絡取りあうの？」

「つーか、番号教えてない」

「まじで？」

「まじ」

「ふうん。まあマユは彼氏二人いるしなあ」

「はあ」

私たちは部屋に戻ると、今日は寝室ではなくリビングと繋がっている和室に布団を敷いて寝る事にした。電気を消して布団に入って、無駄話をして笑い合った後、静かになったユウコに背を向けて、月明かりが差し込むリビングの窓を見つめた。明日も晴れたらいいなと思いながら、カーテンを閉めに行こうかどうか迷っている内に、意識がなくなった。


何あいつ。ヤクやってんの？　ぜいぜい肩で息をしながら、ユウコに言う。ユウコも同じく、青白い顔で息をきらしていて、もうまともに返事すら出来なくなっていた。塩っ辛い海水が、鼻と喉の奥をひりひりと焼いている。目にも入ったみたいで、腫れぼったいような温かいような感覚がある。水死体はこんな気分なのかなと、余裕もないのにふっと白く膨らんだ水死体を思い浮かべた。

「早く乗れよ」

足で水を掻き、頭だけ海面に出したまま話している私たちに向かって、ジェットスキーに乗っている丸坊主の男が大声を上げた。どうしよう、もううんざりだけど、乗らないわけにはいかなかった。私たちがゆっくりとした動作でバナナボートに乗ると、ジェットスキーはまた荒々しく発進した。どんなに重心を取ろうと弾んでも、バナナボートに乗っているのは私たちを含め、恐らく皆四十キロ台の若い女四人で、ジェットスキーがバカみたいなVターンをするたびに、私たちは激しく吹っ飛んだ。飛んで海に落ちるだけならまだしも、飛ぶ瞬間、落ちる瞬間に他の子たちとぶつかるのが痛くて、怖かった。ジェットスキーを運転するいかれた坊主男が、またVターンをして、私たちは四人ともまた吹っ飛ぶ。飛んだ瞬間、前の女の子と頭をぶつけて気を失いかけたけれど、水に落ちた瞬間また意識を取り戻して、慌てて足で水を掻く。

「ごめん、大丈夫?」

前に座っていた女の子が同じく青白い顔で、少し離れた所から私に声をかけた。うん大丈夫、と言う声にも力が入らない。はっとして辺りを見渡して、どきっとする。ユウコの姿が見えなくて、どうしよう私水泳とか別に得意じゃないのにと思っていると、五メートルほど離れた所にユウコがばさっと顔を出した。

「ユウコ」

声を掛けると、ユウコはぼんやりとした目で私を捉え、ゆっくりこっちへ泳いできた。

「ねえ、大丈夫?」

「痛い」

そう言うユウコの唇が紫になっていて、私はいよいよ怖くなる。このままじゃ殺される。笑いながらまた「早くしろよー」と言う男を見上げて、そう思ったけれど、それを口に出すのが怖くて黙ったままたバナナボートに乗った。いつの間にか、つけまつげが取れている事に気がついた。それと、たぶんバナナボートに乗り上がろうとした時だろうけれど、右手の中指の爪が折れていた。ジェットスキー乗りたーい、と例年通りジェットスキーに乗っているヤクザたちにナンパされ、セクハラされつつジェットスキー、というかいつもの流れの後、あれよあれよという間に遠くの海岸に連れて行かれ、ヤクザの集団の中にぽいと捨てられ、バナナボート乗らない？　という下っ端っぽい坊主の提案に乗ったが最後だった。同じくナンパされた子なのかどうか分からないけれど、二つ年上の二人組の女の子たちと、一人の男と、最初は五人でバナナボートに乗っていた。何度も何度もひどい運転で落とされたり、崖に向かっていって急カーブ、とかの死と隣り合わせのバナナボートが始まり、一緒に乗っていた男は怒り狂って「お前いい加減にしろー」と怒鳴ってジェットスキーの方に乗り込んでしまい、残された私たち四人は、その後も更に落とされ続けていた。

ひどい運転のせいか、それとも何度も頭をぶつけているせいか、ひどい吐き気がしていた。泣いて頼んでも、怒鳴っても、坊主頭の男はへらへら笑うだけだろう。ああ本当に、笑いながら人を殺せる奴っているんだなあ、と思う。泳いで浜に帰ろうかとは何度か考えたけれど、浜は遥か向こうで、無事帰れる可能性は低そうだった。あんな男におもちゃみたいに扱われるなんてと激しい怒りが湧いたし、本当は「なにこのハゲ」って態度でいたかったけれど、もう本当に、息をきらしながら、生気を失った表情で言いなりになるしかなかった。

バナナボートに乗り始めて、何十分経った頃だろう。坊主ではない男の方が電話を受けて、「戻って来いって」と言うと、とうとうバナナボートは波止場に引き返し、私たちはもう二度と戻れないんじゃないかと思っていた陸に降り立った。足下がふらついたけれど、逃げ場のない海の真ん中という場所から陸に上がれたというだけで、もう充分だった。

「こっち来いよ」

坊主の男が言って、嫌がるユウコの手を取り、勢いよく海に投げ落とす。ああもうなんて奴だ、と思って本当にうんざりした顔でこっちに来る坊主に「ほんと止めて無理」と言うものの、呆気なく無視され私も抱き上げられ同じく海に投げ落とされた。ユウコと手を取り合って、ぜいぜい言いながら波止場に乗り上げようとすると、坊主がユウコの手を取ってぐっと引き上げ、たと思ったらまた海に投げ込む。私も同じようにまた投げられて、頭がうまく機能しなくなって、やっと他の男が来てくれて引き上げてもらうと、相手がヤクザだという事を忘れて「てめーまじでぶっ殺すぞ」と坊主を怒鳴りつけた。うおー、こえー、とにやにやしながら言う坊主に、ある意味では尊敬の念まで感じる。

「おいで」

見かねたのか、四十代くらいのおじさんが来て、座り込んでいる私たちを停船しているクルーザーに連れて行って、バスタオルを貸してくれた。バスタオルにくるまりながら、ぐったりして、椅子に座っている事も出来なくて、私は床に座り込んで膝に顔を埋めた。ユウコとも話せなくて、黙ったまま私たちの荒い息づかいだけが聞こえていた。

しばらくするとまたさっきのおじさんが来て、大丈夫かとしゃがれ声で聞いて、黙ったまま何度か頷くとジュースを渡してくれた。

「あいつら、可愛い女いじめんの、好きなんだよ」

いやいや、そういうレベルの話じゃなかったっす、と言いたいのを抑えて、はあ、と答える。おじさんを見上げて、彼の右目がやっぱり潰れているのを確認した。少し落ち着くと、クルーザーや波止場周辺にたむろする男たちを、ちらちらと観察する。集まっている男たちは約十五人程度で、皆が皆刺青を入れていて、ヤクザ社会に疎い私は、この人たちいつも人殺してんのかなー、と無邪気に考える。十代から二十代の男たちと、四、五十代の男たちがメインで、何で中間がいないのかなあ、とユウコと話す。若い奴らはホストやヤンキーと変わらない感じで、上の人たちは見るからに、という感じだった。若い衆はナンパ要員のようで、少しすると更にギャルの二人組がジェットスキーから降ろされた。私たちは上の人たちのホステス役のようで、次々におじさんたちが隣にきては、セクハラをしていく。

何だかもううんざりして、クルーザーの先端まで行くと、ビールを飲みながら海を眺めた。クルーザーにはヤクザや女の子や、色んな人が出たり入ったりしていて、何かのお祭りみたいだった。わいわい活気があって、それでもバナナボートの事があったからか、まだ生きてる心地がしなかった。

「何だよ」

いきなり何だよって何だよ、と突っ込みたかったけれど、振り向いて坊主男を見て口を閉じる。

「暗いじゃん」

「うるせーな触んなよ」

さっきの恨みとかそういうのじゃなくて、もう生理的にその男が駄目になっていて、後ずさって坊主男を睨み付ける。

「何だよお前。怒ってんの？」

またにやにやする坊主男の顔を見ていると、頭が混乱していった。恐怖心を植え付けるというのは、こういう事なんだろうか。この人は、恐喝のプロフェッショナルなんだろうか。ヤクザなんだから当然と言えば当然だし、ヤクザとしては優秀なんだろうが、この坊主には何かもっとやばいものを感じる。うまく言葉が出ないのが不思議で、罵倒したい気持ちと逃げ出したい気持ちの板挟みになっていた。

「脅かすなよお前」

さっきの目の潰れたおじさんが来てくれて、坊主はすぐに私から離れた。心臓の鼓動が速くなっているような気がした。おじさんはセクハラもせず、デッキに座り込むと自分の隣を指さした。

「ありがと」

私の言葉に何も答えず、おじさんはビールを飲んでいた。そう言われればおじさんの体中にはあちこち傷痕があって、こんな分かりやすいもんでいいのかなと、変な心配が首をもたげる。

「おじさん、目は？」

「目？」

「どうしたの？　その目」

「刺されたんだよ」

当然だろみたいな口調で言われて、それはそうだよな、と変に納得してしまう。こういう、すごく年上の男の人と一緒にいると、楽だった。いつもそうだけれど、こういう時私は無意識的に無邪気を演じている。彼が同じくらいの歳だったらきっと、目どうしたの？　なんて聞かなかっただろう。

「不便じゃないの？」

「まあな」

おじさんは、話したくないのか無口なのか、一切長文を口にしない。でも何となく居心地が好かったし、おじさんといればセクハラされないらしいと気づいて、しばらくおじさんの隣に座っていた。たまに声を掛けて、いくつか言葉を交わしたけれど、柿ピーは柿とピーが幾つずつの比率が一番美味しいかとか、パンチラのチラって、ほんとはチラッと見える、のチラじゃないんだよとか、下らない話ばっかりで、目の潰れたヤクザとそんな意味のない会話をしているのが何だか面白かった。

夕方に解放された私たちはビーチに戻り、東京から来たという大学生にご飯を奢《おご》ってもらって、もう帰るねと嘘をついてまたビーチに戻った。帰ろうかどうしようか、と話し合った挙げ句、ちょっとカラオケ行きたいと言うユウコのためにしばらくナンパ待ちをして、何人かやり過ごした後に三人組とカラオケに行った。最終的には吐いたし、何だかもうぼろ雑巾みたいな気持ちになったけれど、吐いた後は暗くなったビーチで花火をした。花火が終わった後、燃え尽きた臭いを嗅ぎながらまたビールを飲んで、何かの拍子に盛り上がって「よし走るぞ」っていうノリになって皆で追いかけっこをした。もう疲れ果てていて、一番気に入った男と手を繋ぎながら走っている内に、何だか恋をしているような気分になって一瞬燃え上がったけれど、すぐにああ何か見失ってるなと気づいて、手を離した。別荘に帰ったのは深夜の三時で、でろでろになってシャワーを浴びると、敷きっぱなしになっていた布団に倒れ込んだ。頭がずきずき痛くて、触ると二カ所くらい軽くたんこぶになっていて、くそーあの坊主めと苛立ったけれど、バナナボートの事はもう何ヶ月も前の出来事のように感じられた。

最終日、昼過ぎに起きた私たちは、軽く身支度をしてビーチに向かった。まあ場合によっては別荘に戻らず東京に帰ろうという流れだったため、バッグには全ての荷物を詰めておく。道中、ＡＶ男優みたいなおやじにしかナンパされなかったため、四十分かけてビーチに降り立った頃には、もうへとへとだった。

今日もかなりの晴天で、東京を出た時と比べてかなり黒くなった肌をさらす。ここまでの三日で、二人でオイルを一本ほとんど使ってしまっていた。じゃあもう今日中に使い切って捨てて帰ろうと決めて、たっぷり塗る。ビーチは七割くらいの人混みで、今回の旅行の中で一番人が多いねーと言って、陽気な雰囲気にうきうきしながらバスタオルの上に寝そべった。ちりちりちり、と耳元で音がしそうなほど暑い。仰向けになっては日光に耐えられなくなって、うつ伏せになっては日光に耐えられなくなって、と短い時間で何度も寝返りを打つ。その都度体にまとわりつく砂が鬱陶しくて、何度も手で払う。がやがやと子どもの声や若い男女のはしゃぐ声が耳元にまとわりつくようで、同じように手で払えたらいいのにとうつ伏せのまま眉間に皺を寄せる。

「ねえマユさあ、このまま浮気してくの？」

「あっそうだ電話するの忘れてた」

「え、何？」

「着いた日にまた掛け直すって言ったんだけど、掛けるの忘れてた」

「えー掛けてあげなよ可哀想」

「まあ、後でいいよ。何かビーチに東京のむさい空気持ち込みたくないし」

「怒られないの？」

「怒られるわけないじゃん。あ、浮気の方だよ」

「あ、彼氏かと思った」

「彼氏に電話掛けるって言っといてメールも電話もしなかったりしたら大変だよ」

「浮気相手は？　大変になんないの？」

「そんななんないんじゃない？　別に彼氏じゃないし」

「ふうん……。でもさ、その浮気相手と付き合う事になったら、大変になるんだよね？」

「それは、なるんじゃん？」

「何かそれって変だよね」

「何が？」

「だって今もマユの事好きなわけでしょ？　付き合っても好きな気持ちは変わらないわけじゃない？　それなのに同じ事しても態度が変わるって何か変くない？」

「うーん、変くない」

「何で？」

「分かんないけど、変ではないよ」

「そうかなあ。変だと思うんだけどなあ」

「まあユウコは変人だからね」

何それー。と剝き出しの背中を叩かれて、きゃーきゃー騒いでいると、ものすごい勢いで向こうの方から走ってくる二人の男を見つけて、私たちはぎょっとする。何あれちょっとこっちくるよなになに怖いよっ、とユウコが言って、私も少しどきどきする。え、ていうか激突する気？　逃げた方がいいの？　と考えている内に男たちは私たちの目の前に顔面からダイブした。引いている私たちの前に、起き上がった砂まみれの男たちが座る。「レモンガス！」と言って両足をV字に持ち上げる片方の男を見て、いよいよどうして良いか分からなくなる。

「どっすか」

「どうもこうも」

「ねえちゃんたち何歳っすか」

「十七だけど」

「わっすまじでっタメっす」

彼らは私たちの前に座り込んで、二人ともアユそっくり、とその褒め方はむしろバカにしてる事にならない？　っていう言葉をかけた。レモンガスの方がヨウスケで、もう一人の少しましなノリの方がユウジ。歳は同じく十七で二人とも埼玉のプーで、ヨウスケの叔母さんの家がこの近くにあって、二人で遊びに来ているのだと、二人の訳の分からないテンションの話から聞き取った。そのテンションに引っ張られて、私たちはヨウスケの提案で大きな砂の城を作り始めたものの、ただの砂山にしかならなくて諦めると、ファミレスに入った。わー、何か電気の下で見るとちょー焼けてんねー。そう言うと二人は調子に乗って海パン一枚になって、騒ぎすぎて店の人に注意されたと思ったらヨウスケがまた椅子の上でレモンガスをやって対抗して、店員にすごい顔で引かれた後に椅子から転げ落ちた。

二人を見ているとうんざりするけれど、超越したテンションにむしろ人間本来の秘められた力を感じて恥ずかしさと同時に清々しさを感じる。何故かはよく分からないけれど、自転車のペダルを四人でかわりばんこに漕いでいった結果異常な速さでテンションが持ち上がったような感じで、驚異的なペースでビールをあおった私たちは、最終的に飲み過ぎてべろべろでファミレスを出た。

「ファミレスでこんな酔ったの初めてっす先輩」

ヨウスケはタメなのに私たちに先輩先輩と繰り返し、ファミレスを出ると通り過ぎる通行人に土下座をしまくって、目の前の交番にいたおまわりさんが何事かと出てきたりでもうてんやわんやで、しばらく公衆トイレでヨウスケが吐くのを待った後、結局またコンビニでウィスキーを買ってきて四人で回し飲みをしつつビーチに戻った。人気の少ない波止場の方に四人で円くなって座ると、ウィスキーを飲んで横になる。

「ねえマユ、東京帰れんのかなー私たち」

「まあ、何とかなるっしょ」

「もう一泊いればいいじゃんすか」

「えーでも私明日からバイトだし。ユウコだけ残る?」

えー私も学校あるしー、とユウコが眉間に皺を寄せて言う。さっと来てさっと帰る、金もかけない、だからこそこれほど手軽に来れるわけで、一日延ばすとかそういう面倒な事はしたくなかった。

「あっそうだ先輩たち四次元ゲームって知ってますか？」

「知らなーい」

ヨウスケとユウジはじゃあやりましょうよやりましょうよと何かのセールスマンみたいに連呼して、何それ、と言う私たちに怖い顔をしてみせた。

「これ、途中で止める事出来ないんすよ。一回始めちゃったら、最後までやらないといけないんすよ」

何それ何それー、と言って、神妙な顔つきのヨウスケをつつく。

「ユウジもやった事あんの？」

「自分もヨウスケと一緒にやりました」

「どんな感じ？」

「ヤバいっす」

何それー、とユウコと声を合わせて、少しでも情報を引き出そうと何系なのどんなゲームなの話せるとこまで話してよー、とねだる。

「つまり、四次元の世界に行っちゃうんすよ」

「それって、変な世界なの？」

「それは言えないっすそれ聞いたら参加しなきゃいけないんす」

「何それー。じゃあさ、それって楽しいの？」

「うーん。楽しいとか楽しくないとかじゃないです。何つーかまあ、別の世界を体験するゲームなんで」

ユウコと顔を見合わせて、首を傾げる。どうしよっか、でもここまで聞いといてやんないのもねえ、でもほんとにそんな事ってありえんの？　いやいやあり得ないけどさあ、何かやってみたくない？　ぐだぐだと話し合っていると、ユウジが「四次元はまじやばいっす」と追い討ちをかける。何かもう悩んでいる状態が面倒臭くなったのか、突然ユウコがもういいよやろうよ、とでかい声で言うものだから、何となく後に引けなくなった私は分かったよやるよ四次元行くよ、と答えてヨウスケに目で合図をした。

「じゃあちゃんと聞いてくださいね。これ、覚えておかないとすごい事になりますよ。まず、四次元に行くと真っ白な世界にいます。前も後ろも分かんないくらい真っ白です」

「何それ。視界が真っ白になるって事？　実際に真っ白な世界に立ってるって事？」

「世界が真っ白っす。ふわってした世界に行って、そこでまずドアを探してください。真っ白な世界なんでどこにあるか分かりづらいんですけど、探せば絶対あるんで」

「えー？　見つからなかったらどうすんの？」

「大丈夫っす。自分も見つかったんで、皆見つかります。そんで、ドアを開けると一気に暗い世界に行きます。森みたいなところに出るんです。ドアを閉めたら、そう、こっからが大事です。絶対に振り返っちゃいけないんですよ。絶対に振り返っちゃいけないっす。そんで、前だけを見て歩き続けると、細い吊り橋があるんでそれを渡ります。それ、まじ細いっすけど落ちないっす」

一々突っかかる私に答えるヨウスケは、何だかさっきまでと打って変わって真剣な感じで、その真剣な感じに軽く不安になる。何だか全体的に理不尽な感じの話だなあと思いつつ、ウィスキーをぐいっと一口飲み込んだ。

「ねえでもさあ、もし落ちたらどうなんの？」

「落ちないっす絶対。大丈夫っす。自分もやったんで。そんで、吊り橋、長いんすけど、まあとにかく振り返らないで歩き続ければ吊り橋終わります。そんでまた真っ直ぐ歩いてると、森が段々赤黒くなっていきます。地獄みたいなとこになってくっす」

「ねえちょっと待って。真っ直ぐ歩いてくって言うけどさ、人間なわけだからさ、森歩いてたら少しくらいずれるでしょ？」

揚げ足取りみたいな事を言う私に、ユウコがくすくす笑って、マユっていつも変な事ばっか考えてるよねー、とからかうように言った。

「大丈夫っす。ちゃんと道があるんです。一本道が。そんで、赤くなった森の一本道歩いてくと、二股に分かれてる道があるんで、絶対に、そこで絶対に右に行ってください……」

ヨウスケがそこで言葉を止めたから、ユウコと二人でヨウスケを見上げる。え、なに？　と聞くと「あれ、右でいいんだっけか」と言うからちょっとやめてよそれ、っていうか間違ったらどうなんの？　と聞くと「戻れないっす」とヨウスケは怖い顔をして言う。

「なんで絶対守ってください。そうです右でした。右っす。絶対。そうそう。右。あんね、俺がさっき一回聞いたら止められないっすよ、って忠告したのは途中で止めたら四次元行って戻れなくなっちゃうからなんですよ」

「えー何それ聞いてない。え、じゃあ今ここでやっぱ止めるって言ったらどうなんの？」

「今日の夜眠ったら四次元行っちゃって戻ってこれないっすよ。そんでー、右の道ずーっと歩いてくと、おばあちゃんが立ってます」

「やめてよー」

「声あげちゃ駄目ですよ。そうそう、振り返っちゃいけないってのと、あと声を絶対にあげないでくださいっす。そんで、おばあちゃんが持ってる鍵を取ります。そん時おばあちゃんが目ぇ開けるかもしれないですけど、絶対に声はあげないでくださいね。そんで、ずーっと歩いていくと、また分かれ道があるんで今度は左に行ってください。

そんで、ずっと前向いて黙って歩いてると、途中から後ろに人の気配感じるようになるんすけど、絶対に振り向かないでください。後ろの人、どんどん近くなってきて、息の音が聞こえるくらいに近くなるんすけど、絶対に振り向かないでください」

ユウコが今にも笑い出しそうな顔で私を見たけれど、私は何だか不安になってきて、眉間に皺を寄せたままヨウスケを見ていた。何だか、さっきまで陽気だと思っていた沼津の街が、ひどくおぞましく思えて、居心地が悪かった。

「……そんで、水の地獄を通り抜けると、最後にドアがあります。すぐ隣で男の声がしますけど、絶対に見ないでください。そんでドアにおばあちゃんから取った鍵を差し込んで回すと、この世界に戻るっす」

「ながっ」

心からの声が出て、最初を右で、次がおばあちゃんで、その次が左で、と繰り返してみせると、ヨウスケはそうっす大丈夫っす先輩なら戻って来れるっす、と言う。

「ねえこれさあ、四次元行ってやり方間違ったりしてさあ、戻ってこれなくなったらさあ、どうなんの？」

「向こう行ったまんまっす。実は俺の先輩で、これやりかけて途中で止めちゃった人がいて、その人まだ植物状態で寝たきりっす」

やだー、とユウコが声をあげる。ユウコは、信じているのかいないのかよく分からないけれど、少なくとも私より不安は薄いようだった。

「え、先輩たちもやるんだよね？」

不安になって聞くと、ヨウスケとユウジは頷いた。これ、一回この話したり、聞いちゃったりしたらやんなきゃいけないんす、と言う。

「また行くの怖くないの？」

「まあ俺はもう一回行ってるんで、最初の時よりは大丈夫っす」

「俺は嫌だけど、でもすごい体験ではあるし、もう一回確かめてみたい感じっすかね」

ユウジの確かめる、という言葉にリアリティーを感じて、何となくもう本当に四次元行かなきゃいけないんだと思ったら途端に怖くなる。どうしよう帰って来れるかなあ、とユウコに言うと、えーわかんなーい、とまた不安感の薄い声で言う。

「じゃあ始めるっすよ。あ、そうだ。俺とユウジは前に一回やってるんで、コツ分かってるから少し早めに四次元行くと思うんすけど、二人もずっとやってれば行くんで、絶対に途中で止めないでくださいね。じゃあ、まず皆で輪になって」

ヨウスケの指示で、左手をヨウスケ、右手をユウコと繋ぎ、四人で座ったまま輪になる。やだーUFO呼ぶみたーい、とユウコはまだ不安薄な感じだった。

「じゃあ、次に目を瞑って」

目を瞑るのが怖かったけれど、仕方なく瞑る。

「もう絶対に目ぇ開けちゃいけないっすよ。戻って来れなくなるっすよ。そんで、四次元行きたい、って強く念じてくださいね」

はーい、とユウジとユウコと三人で声を合わせる。もしも私だけ戻って来れなかったら、もしもユウコが戻って来れなかったら、色んな想像が膨らんで、軽い緊張でもう既に体がふわふわしている感じがした。

「行きたい行きたい、ってゆっくり繰り返すっすよ。皆で声合わせて」

えーやだー、といつもだったら言うけれど、言ったら戻れなくなるかもしれないと思って素直にヨウスケの「行きたい、行きたい、行きたい、行きたい」というゆっくりとした言葉に同調する。四人の声が重なって、いきたい、いきたい、いきたい、いきたい、というブツブツとした呟きが続く。

二分もした頃だろうか、ヨウスケの声がやんで、左手が少し引っ張られる。ヨウスケがその場に倒れたのが分かった。いきたい、いきたい、いきたい、またしばらくすると、ばさっとユウジが倒れる音がした。私とユウコの声だけがいきたい、いきたい、いきたい、と続いていく。しばらくぶつぶつ呟き続けていると、ユウコがぐっと握る手に力を籠めてきて、私も強く握り返す。何度かそうして手を握り合っていると、ユウコがくすくす笑い始めて、私もとうとう耐えられなくなる。二人で声を上げて笑うと、少しずつ目を開けた。ヨウスケとユウジが地面に寝転がっていて、ユウコはもう既に目を開けて笑っていた。

「もー先輩たち駄目じゃないっすかーちゃんと目閉じて行きたいって祈らないとー」

きゃーきゃー言いながらもーやだー先輩きらーい、とあっけらかんとしているユウコが、何だか突然頼りがいのある女に見える。私には何だかまだ、今日の夜寝たら、四次元に行ったまま戻って来れないんじゃないか、という不安が残っていた。笑ってぎゃーぎゃー騒ぐ三人を見ながら安心していくと共に、現実感が薄れているのに気づいて不思議な気持ちになる。私は結局四次元に行かなかったけれど、行きたい行きたい、と祈り続けて目を開けた瞬間から、何だかそれまでとは別の世界にいるような気がしていた。


車を持っていないヨウスケとユウジは、歩いて沼津駅まで送ってくれたけれど、二人と別れて車のナンパに乗せてもらった方が楽だったなあと途中で後悔した。

「じゃあ東京帰ったらメールくれっす。また東京で会おうぜ」

「うーす。ねえねえあれやって」

「え？　あれ？　何すかあれって？　レモンガス！」

駅前で倒れ込んでレモンガスをやるヨウスケに手を振って、私たちは沼津駅に入っていった。ホームで電車を待ちながら、静かになった空気にどことなく寂しさを感じつつ、二人で携帯をいじる。

乗り込んだ電車の中で、帰ったらあれやんなきゃこれやんなきゃとか、そういう事を頭の中で整理していく。バイト行ったら店長怒ってんだろーなーとか、彼氏に諸々言い訳しなきゃなーとか、浮気相手の方は帰ったらすぐに電話しなきゃなーとか、面倒臭いけどまあ必要な物事を頭の中で確認していって、何となく虚しい気持ちになった。

バッグを枕にしてぐっすり眠った私たちは東京駅で電車を降り、ユウコが丸ノ内線で帰ると言うから、地下鉄方面まで見送った。

「ねえマユ、何駅から乗ったって言えばいい？」

「うーん。御茶ノ水駅からでいいんじゃない？」

「えっ、でもそれって。あ、そうか反対側か。反対側でも大丈夫なんだっけ」

「はいはい意味分かんないから」

「そっか、いいんだっけ。うんじゃあ、またメールすんねー」

「うん。こっちもメールするー」

手を振り合うと、来た道を少し戻って、山手線のホームに向かった。何となく、久しぶりに一人になったなと思ったら気が楽になったと同時につまらなくなった。駅に着いたら浮気相手に電話しなきゃいけないはずだったけれど、遅すぎて会っている時間はないかもしれないから、今日は一旦帰宅して明日会う事にしようか。悩みつつ電子時刻板を見上げると、渋谷行きの最終があと一分でくるというところで、これに間に合わないという事は東急東横線にも乗れないという事で、つまり帰れない、と気づいた私は階段を上りつつもう既に電車が停まっている雰囲気を感じ取る。上り切る前に電車のベルが鳴り、ああもう無理だと諦めて今来た道を引き返す。携帯を取り出して、誰か彼氏か浮気相手か、男友達か迎えに来てくれそうな人を考えながらしばらく電話帳をスクロールしていたけれど、結局惰性でユウコに電話をかけた。

「もしもし？　あ、良かった繋がった」

「今電車停まってるとこ。どしたの？　あ、動いちゃうから切れちゃうよ」

「あ、終電なくてさ、今日ユウコんち泊まらせてくんない？」

「いいよー。じゃあどうしたらいい？　えーと、私が今電車だから……」

「私も丸ノ内で追いかけるから、駅前で待ってて」

ぶつぶつと電波が途切れる音がして、電話は切れた。ユウコの返事は聞こえなかったけれど、このままだと丸ノ内線も終わっちゃうだろうからと、急いで改札口に向かう。ああそうだ、ユウコに御茶ノ水から来たって言えって言ったんだった、と思い出して少し悩んだ挙げ句改札のおじさんに声をかける。

「すみません。切符落としちゃって」

「どこから？」

「品川です」

「じゃあ百六十円」

素直に百六十円払って改札を出ると、ユウコの家に行くお金はあるだろうかと財布を探ったけれど、行きは大丈夫でも明日の帰りは無理かもなというくらいで、まあでもそんな事を言っても始まらないから、仕方なく丸ノ内線に向かう。携帯が鳴って、ユウコかと思って見ると彼氏だった。充電も残り少ないし、ユウコの家に着いてから電話をしてゆっくり説明しようと思いながら、留守電に切り替えると階段を下りていく。終電の時間帯の、最後の灯火みたいな賑わいが心地好くて、周囲を見渡しながら歩いていく。帰り際に海水浴場で軽くシャワーを浴びただけだった体からは、まだココナッツの匂いが漂っている。両腕を前に出すと、黒くなった肌はまだ少し火照っていた。鼻歌を歌いながら、ビーチの暑苦しい光景を思い出す。その時また携帯が鳴って、男かなーと思うとユウコからで、慌てて通話ボタンを押す。

「もしもし？」

「あー。これから電車乗るとこだよ」

「了解。じゃあコンビニとかで待ってるから電話して」

「あーはい。あ、ねえユウコ」

「ん？」

突然またガサガサと音がして、電波が途切れて電話は切れた。また電車が動き始めたんだろうと思いながら携帯を閉じた。電車に乗り込むと、空いていた席に座って足下にバッグを置く。ドアが閉まり地下鉄の暗いトンネルに入っていくのを見て、少し不安になる。沼津からずっと外に出ず電車を乗り継いできたせいか、電車を降りて、階段を上って、地上に出た時、そこにいつもの東京があるだろうかと考え始めたら、絶対にないような気がし始めた。でもすぐに、変な事を考えているのは眠気のせいだと気づいたら、唐突に体が弛緩《しかん》した。私はまた少し寝ようと目を瞑り、座席に深く腰掛けた。

憂鬱のパリ

飛行機が着陸する五分ほど前から私は泣いていて、飛行機を降りる時も空港までのボーディングブリッジでも、目を腫らしたまま仏頂面で歩いていた。機内で喧嘩していた彼は私の随分と先を歩き、その差が広がれば広がるほど、私は怒りを募らせていった。どこまで差が広がれば立ち止まるのか、どこまで差が広がれば追いかけてくるのか、互いに我慢比べをしているようで、入国審査の手前の辺りでやっと彼が立ち止まっているのを見た瞬間、勝ったと思った。

「何で置いてくの？」

「別に、置いてってないよ」

「何で早足でさっさと行っちゃうの」

「別に早足じゃないよ。俺はゆっくり歩いてた」

「私、こんなに重たい荷物持ってるのに。ちょっとは合わせてよ」

「荷物が重いのは自分のせいでしょ？　何で人が合わせてくれるのが当然だと思ってるのかなあ」

「別に当然だから合わせてくれなんて言ってない。当然じゃないけど合わせてって言ってるの」

私たちは一定の距離を保ったまま入国審査の列に並び、別々に審査を受けた。出国の時は二人一緒に審査を受けたのにと思ったらまた泣きそうになった。無事に入国した私たちは、空港の外で震えながら立て続けに二本煙草を吸い、互いに無言のままスーツケースをトランクに詰め込むと、タクシーに乗り込んだ。「あ、見てよあれ」「あ、あれすごい」「あれ何かな」「これってあれ？　あれじゃない？　ガイドブックにあった……」二人とも、タクシーの中から見える景色に何度も指を差し、あれあれ、と言っている内に、険悪だった空気はすっかり和んでいた。

「あれっ、見て見て、ねえあれっ。すごいっ。あれ何っ？　でかいっ」

「え、門？」

「そうそう門。あの大きな門」

「凱旋門だよ」

キャーと声を上げていると、タクシーの運転手がにやにや笑っているのが見えた。どうしようなんて素敵な街だろう。私は初めて訪れた街に激しく感激していた。学生の頃に一度旅行で来た事と、数年前トランジットで一泊した事があるという彼も、同じように盛り上がっているのが分かった。普段は冷静で落ち着いている彼がどことなくそわそわしていて、私は嬉しかった。

ホテルに到着して、私たちは顔を見合わせた。中心地ではあるけれど、路地裏にあるそのホテルは入り口が分かりづらく、ずい分こぢんまりとしていた。タクシーが停まっている間後ろの車は追い越し出来ないため、慌ててトランクからスーツケースを取り出す。

「ねえねえ、お迎え、来てるのかな」

「うーん、どうだろう」

入ってみると、小洒落たラウンジと、ビジネスホテルのように簡素なフロントが目に入った。地下へ続く階段は螺旋《らせん》になっていて、ラウンジから覗く中庭はゴシックな造りだった。

「いないね。誰も」

彼は言いながら、フロントのベルを鳴らした。やって来たおばさんに名前を告げると、はいはい、という感じで「ツールームズ？」と聞かれ、私は彼と視線を交わし、一瞬間をおいてから「ワン」と答えた。無愛想な感じだったおばさんが、その瞬間少しにやっとして、頷きながら鍵を渡してくれた。直接的に物を言わず、何となく空気を読んでにやっとする感じがフランス流なのかなと思った。でも嫌な感じではなく、とても自然な感じがした。それにしても招待してくれた出版社側は、部屋を一部屋とも二部屋とも決めずに予約していたんだろうか、そして荷物を運んでくれるボーイはいないんだろうか。そう思いながらエレベーターを待ち、到着して開いたドアの中を見てぎょっとする。前にイタリアに行った時もエレベーターが小さくてびっくりしたけれど、二人乗れば定員、三人乗ればぎゅうぎゅうになるであろう狭さだった。スーツケースを二つ持って乗り込み、がしゃんとシャッターを閉じると、がたがたして今にも落下しそうな不安定さでエレベーターは上昇を始めた。四階の角部屋に入ると、簡素でありながら妙に温かみのある部屋にほっとする。

「あれ、マユ、煙草持ってる？」

彼の言葉に、ううんと首を振る。空港で吸ったのが最後。と答えると、彼が残り一本となった煙草の中身を見せた。

「あーあ！　だからさっき買えば良かったのに！　私あんなに言ったのに！」

「だって時間なかったじゃん。いいよ、どうせすぐ遊びに行くでしょ？」

うんと答え、二人で一本を吸いきると、十二時間のフライトで疲れ切っていたけれど、すぐに支度をしてホテルを出た。空港で両替をしておらず、前にイタリアに行った時に残っていたユーロもタクシー代で使い果たしてしまった私たちは、とにかく一刻も早くと両替屋を探したけれど、土曜日だからか、それとも夕方という時間帯がいけないのか、どこの両替屋も開いていなかった。どうしようお金がないと煙草も買えない、今日は何？　何食べるの？　ルームサービスだったら部屋にツケてもらえる？

せっかくのパリ初日なのに部屋で食事？　と絶望的な気持ちになっている私に、カードもあるし大丈夫だよ、と彼は答えた。

「あ、そうだ」

彼はそう言って、通りに設置されたATMにクレジットカードを差し込んだ。言語がいくつか選べるようで、英語を選んだ彼を見てぎょっとする。

「よくそんな、言葉の分からない機械にクレジットカードなんて差し込めるね。出てこないかもよ。出てこなかったらどこに電話すればいいのか分かる？　電話したところで言葉通じないんだよ？　カード出てこなくなっちゃって、ああもう出てこないや、って機械から離れたら離れた途端カードが出て他の人にすごい金額の買い物されちゃうかもよ。異国の地で警察に行く勇気ある？」

焦って喋る私をよそに、彼は七万円分ほどユーロを下ろした。生まれてこの方クレジットカードを持った事のない私には、彼がひどく世慣れて見えた。すごいね、何でそんな事が出来るのかな、もう二年以上一緒に住んでるけどそんなに色々機転のきく人だなんて知らなかったよ、と言うと彼は笑った。海外ではよくある事だよ、と言う彼が、本当に頼りがいのある人に見える。

「ねえ」

「うん？」

「フランスにいる間、片時も私から離れないでね」

「ああ、まあ、離れる事もないでしょ。仕事も一緒に行くし」

「とにかく常に一緒にいてね。私、言葉も地理も分からないし、迷子になったら絶対にホテルまで戻れない。あのホテル有名じゃないみたいだし」

「ホテルのある通りの名前だけは覚えといた方がいいと思うよ」

「何で？　ずっと一緒にいるなら覚えなくていいでしょ？」

「万が一の時に備えてだよ」

「備えないよ。だってずっと一緒にいてくれるんでしょ？」

迷惑そうな彼に腕を絡ませる。彼を見て思う。彼と一緒にいる間、私は何もしないでいられる。何もしないでいい場所が、彼の隣だった。彼に完膚無きまでにスポイルされたいと思う。彼がいなくなったら死んでしまう女でありたい。海外に来ると、いつもそう思う。彼が、日本にいる時よりも頼りがいのある男になるからかもしれない。彼の隣にいれば、私は外敵から身を守ってもらえるし、何もしないでも誰にも怒られず、重要な判断を自分で下さないまま、この先の道筋を彼に示してもらえる。愚かな事かもしれない。でもそれの何が悪いのだろう。一体それの何を、誰がどうして非難する事が出来るだろう。最近彼がよく自立を促すけれど、私は絶対にいつまでも拒否し続けるし、絶対に永遠に一パーセントも受け入れない。

それにしても、歩けど歩けど煙草屋や煙草の自販機がない事に、私たちは気づき始めていた。タバッキ、タバッキ、とイタリアに行った時に覚えた単語を繰り返す声も、次第にテンションが落ちていく。セーヌ川の近くを歩き、とうとう空が真っ暗になった頃、街灯も人通りも少ない通りで私は彼にしがみつくようにして歩いていた。

「あ、もしかして、カフェとかバーにあるのかな」

「煙草が？」

「うん、前にフランス一泊した時、カフェかどっかで買ったような気がする」

「ほんとに？　でも『タバッキ』とか書いてないし煙草の看板も出てないじゃん。カフェで煙草ください、って言ってはあ？って顔されたら恥ずかしいよ」

「いやでも、ここまで煙草がないのはおかしいよ。だって皆どこで買ってるの？　コンビニにもスーパーにもなかったじゃん、絶対カフェだよ」

とにかく私たちはニコチン切れと同時にお腹も空いていて、やっと明るい通りに出て見つけた、少しバブリーな小洒落たレストランに入った。赤い照明で怪しげに照らされたタキシード姿の黒人の店員に煙草はあるかと聞くと、彼は当然のようにイエスと言った。

皿が出てくると、ナイフとフォークを使おうか迷ったり上から強く押さえつけて小さくしたり、色々試行錯誤をした後、肉汁まみれのハンバーガーにかぶりついた。メニューがよく分からなかったために、彼の独断でハンバーガーにされたけれど、まあ許そうと思えるくらい美味しかった。食後にエスプレッソを飲み、早々に店を出ると、すぐに煙草を吸った。肉汁臭い手で立て続けに煙草を吸いながら、疲れたらタクシーに乗ろうと言いつつ、町並みがあまりに美しく、見る物全てが目新しく、私たちは全身が棒になるまで歩き続けた。ボン・マルシェ、セーヌ川、凱旋門。歩きながら、私は何度も同じ思いに駆られる。そしてホテル近くの大通りに出た頃、私たちは信号待ちで立ち止まり、見つめ合った。

「なんか……」

そう言って彼を見上げると、彼も同じように怪訝そうな顔で私を見つめた。

「なんかさ」

「変だよね」

「うん。変」

「何でかな」

「やっぱ、ミニスカートかな」

「やっぱり、そうだよね。絶対ミニスカートだよ」

彼はそう言って、明日からズボンにしなよと続けた。街を歩いていると、通り過ぎる人の八割が私をじろじろと見つめ、五割の人が振り返るのを、私はずっと何故だろ

う と思っていた。

「成田でエールフランスのラウンジにいる時からずっと思ってたんだよ。何か皆マユの事見てるなあって」

「うん。私も思ってた。何か、いい意味で見られてんのかと思ってたんだけど、女の子とか、小さい子も振り返るし、やっぱりミニスカートが珍しいんだよね？」

「もしかしたら、毛皮かな」

「でも、毛皮着てる人は何度か見たよ」

「そうだよね。やっぱりミニスカートだよ」

フランス人でミニスカートを穿いている女性が全くいない事、皆どことなく足を見ているような気がする事から、きっとミニスカートはこの国では違和感を与えるものなのだろうと私たちは結論づけた。十二時を過ぎた頃、ホテルに到着すると私たちはもうへとへとで、先に入るねと言ってシャワーを浴びにバスルームに入って出ると、彼はもう眠っていた。絶対シャワー浴びる、と言っていた彼を起こすべきかどうか少し迷った末、起こさずに電気を暗くした。私はデスクに向かって少しだけ仕事をして、本当に溶けだしそうなほど眠くなってから、彼の隣に滑り込んだ。

朝七時に起きた私たちはゆっくりと支度をし、午前をルーヴル美術館と凱旋門巡りに充て、午後に招待してくれた出版社の担当者、ナタリーと打合せをした。滞在中のスケジュールをもらい、軽く世間話をした後、彼女はフロントから何か聞いていたのか、「ワンルーム？」と指を立てて聞き、イエスと答えるとにやっと笑って何度か頷いた。まあ仕事は明日からだから今日は遊んでいてくれと言い、今日もし良かったらうちに食事に来ないかと彼女は続け、私たちは是非是非、と答えて住所のメモをもらうと、会社はすぐそこなの、歩いて一分よと言う彼女に手を振り、あっという間の打合せを終えて部屋に戻った。

「ねえあのさあ」

「うーん」

「今日の食事には、通訳はいるのかな」

「いないんじゃない？　仕事って感じしなかったし」

いないの？　とびっくりしたけれど、まあ彼女の様子からしていないだろうなと私も思っていた。そうかあ、通訳なしでフランス人と食事か。と暗い気持ちになったけれど、ナタリーが優しそうな人だった事に安心していた。

ナタリーのアパートメントでの食事に、私たちは三十分遅れで到着した。歩いて行けると言われていたため歩いて行こうとしたら全く場所が分からず、結局タクシーに乗ったらとても歩いて行ける距離ではなく、私たちは「歩いては行けないわ」という言葉を「歩いて行けるわ」と聞き間違えていたらしかった。ナタリーは謝る私たちにいいのよ気にしないで、と言い、部屋に上がった私たちに五十代くらいの男性を紹介した。紹介の言葉がうまく聞き取れず、「ねえねえ、彼は旦那さん？」「でも友達って言ってなかった？」「友達の旦那さん？　そんなわけないか」「ルームメイトかな」「でも性的関係はありそうだよね？」「フランスでは事実婚が普通なんだってよ」「じゃあやっぱり事実上旦那さん？」と小声で彼と言い合った。ナタリーが食事を作っている間、その男性とワインを飲みながらクロサワ映画と「ロスト・イン・トランスレーション」について話していたけれど、まあ八割方聞き取れなかった。食卓について、いかにもフランス風の家庭料理を食べていると、彼女たちの暮らしがとても羨ましくなる。十メートルはありそうな吹き抜けの天井、広いリビングにソファコーナー、リビングダイニング、ナタリーのデスクがあって、壁には大きな絵が何枚も掛けられている。特に片付いているわけでもなく、特に統一感があるわけでもないのに何故かきちんと完成されていた。

「彼女は変ですか？」

マッシュポテトと鮭のクリーム煮が出てきた頃、唐突に彼がナタリーにそう聞いて、私はぎょっとした。同じく、ナタリーも男性もぎょっとしたような顔をして、何故？

何故？　と悲しそうな顔で聞いた。

「外を歩いていると、皆が彼女を見るんです」

と彼は答えた。ミニスカートが原因だと思い、今日はジーンズで外に出たものの、結局昨日と変わらずじろじろと皆に見られていたため、痩せてるからかなあ、とか日本人の女自体が珍しいのかなあ、と話し合っていたのだけれど、これぱっかりはやっぱりフランス人にしか分からないのかな、とナタリーに聞いてみようと彼は来る前から言っていたのだった。

「そんな事ない。全然変じゃない。彼女は可愛いわ」

ナタリーも男性も、何か彼を宥めるような口調でそう言い、彼はそうですか、と困ったように微笑みを浮かべてやり過ごした。食事を終えた後、ナタリーの友達だという女性も来て、五人でワインとエスプレッソを飲み、何となくまあほとんど言葉が通じない中でのコミュニケーションの限界かなと思うくらいの煮詰まり感が出てきた頃、私たちはおいとました。

「めちゃくちゃ疲れた」

「マユも珍しくがんばってたね」

「もうがんばらないよ。もう嫌」

「明日は色んな人に会うよ」

嫌だなと言いながら、目を閉じた。タクシーの揺れが眠気を増長させた。フランス滞在中に終わらせなければならない仕事をしなきゃしなきゃと思いつつ、ホテルに戻ると倒れるようにベッドに横になり、化粧も落とさないまま眠ってしまった。

「私、カタコンベです」

私と彼は笑いを堪えながらにこやかに、よろしくと挨拶をした。向こうに滞在中は、カタコンベというカメラマン兼作家の男性が通訳をします。エージェントからそう教えられた時からずっと、それが一体どんな人物なのか、気にはなっていた。現れた男性は、背が高く片言の日本語を話す、適当そうな人だった。よく語尾に「ね」をつけ、うーん、という言葉を頻発し、そう？　ともよく言う。

フィガロ紙の取材を受け、その後ナタリーとカタコンベと四人でイタリアンレストランに行った。前菜を食べながら、カタコンベは日本人の奥さんがいる事、そのためしょっちゅう日本に行っている事、ＳＭの世界に精通しているという事、日本を舞台にした小説を書いているという事、等々を話した。ＳＭに精通、というその精通がどういう意味の精通なのか分からず、気になって仕方なかったけれど、込みいった話になりそうだったから突っ込むのは遠慮した。

「日本を舞台にした小説というのは、どんな小説なんですか？」

彼がそう聞くと、カタコンベは嬉しそうに自分の小説について話し始めた。日本に旅行に来たフランス人の男が、ヤクザと会ってこうこういう流れで事件に巻き込まれて、と延々十分ほど説明をした辺りで、もし良かったら日本で出版を……と言い始めたのを、日本語が分からないはずのナタリーがさっと違う話題に変えて、ナタリーはもしかしたら日本語が分かるんじゃないかとあらぬ疑いを抱く。

一度部屋に戻って休憩した後、ホテルのラウンジに戻ると、ヌメロ誌やラジオの取材を受けた。四件の取材を終えて今日の仕事が全て終わってしまうと、私たちはナタリーとカタコンベと別れて散策に出かけた。

シテ島の方に歩こうと言われ、南国風の島を想像してどきどきしていた私は、セーヌ川に浮かぶ小さなシテ島を見てがっかりした。これって島って言うのかな、と文句を言いながら、次はオペラガルニエを見に行こうと言われてタクシーに乗り込んだ。彼は、旅行代理店にどんな手を使ってでも「フィガロの結婚」のチケットを取ってくれと言い、今からだと一枚三万以上すると言われてそれでもいいから絶対取ってくれと言っておいたのだけれど、結局やっぱり取れなかったという事態に納得いっていないようで、とにかくガルニエまでは行きたいと言い張っていた。オペラガルニエはとても大きく、とても綺麗だった。私にはそのくらいの感想しか思い浮かばなかったし、すごく大きくて盛り上がったけどそれよりもお腹が空いてるから一刻も早くご飯をという気持ちだったけれど、彼は空気を読まずちょっと歩こうと言って、ガルニエの入り口をうろうろして、ガルニエの周りを一周すると、やっとレストランに入った。

「あれ」

「うん？」

「この店、来た事あるかも」

「え？　いつ？」

「学生の頃さ、フランスに来てやっぱりオペラが見たくて、当日券ないかと思って来たんだけど、やっぱり結局なくてここで食事したような気がする」

「誰と来たの？　女？」

「一人だよ」

「一人で？」

「うん」

「は？　若造の頃からこんなところで食事してたの？　どんだけビップなの？」

「いや、その時お金がなくなって親のカード使ってて、安い店だとカード使えなかったりするから、仕方なく高い店で食べたんだよ」

「一人で高級フレンチ食べる大学生なんて信じられないよ」

そう言いつつ、私は貧乏性が抜けきらずまさに今このフランスのフランス料理屋でフォアグラが食べたいと言い張って注文してもらった。

「でもさ、十年くらい前？に一人で来てた異国のレストランに、今妻と一緒に来てるって、なんか感慨深くない？しかもオペラが見たいけど見れないっていう状況まで一緒でさ」

「うーん、まあ、懐かしいよね」

芳しい返答を聞き出せなかった私は、ふうんと答えてワインを飲んだ。

食事をしてホテルに戻った後、カフェ・ドゥマゴに行こう！と盛り上がり、閉店間際に滑り込んでエスプレッソを飲んだ。テラス席では若い男女が数人集まっていて、一人の男性がギターを弾くと、それに合わせて女性が歌い始めた。歌謡曲という感じではなく、もっと何か伝統的というか、民謡っぽい歌だった。背を向けて座っていた彼は一度ちらっと後ろを振り返って、私に向き直り「うまいね」と呟いた。エスプレッソを飲み終えた頃、店員がテラスを片付け始めた。すっかり店も閉まってしまった寂しい大通りを歩いてホテルに戻る途中、オレンジ色の街灯の下、私は彼の手を取った。この素敵な生活が終わるなんて、もう考えられなかった。

十時開始予定のインタビューに、もう既に二十分遅刻していて、私は変圧器のせいか上手く作動しないコテでだらだらと髪の毛を巻きながらもうやだ行きたくない、と泣き真似をした。

「何言ってんだよ。じゃあ俺先に行ってるから」

「えっ、何で？　どうして？」

「だってもうナタリーも記者の人も来てるし、さっきの電話であと十分で行くって言っちゃったし、行かないと」

「何で？　私の事置いてくの？」

「そんなに大幅に遅刻するわけにいかないよ。俺がマユの代わりに先に行ってマユの遅刻を少しでもうやむやにするんだよ」

「やだっ。そしたら私一人で降りてかなきゃいけないんでしょ？　そんなのやだ」

「わがまま言うなよ。俺がそんな遅れて行けるわけないでしょ。だってマユまだ時間かかるんでしょ？」

「やだ一人で行くなんて絶対いや。だってずっと私と一緒にいてくれるって言ったじゃん。だったら私もう下行かないよ。取材受けない」

「いい加減にしろよもう。じゃあ分かったよ、一回下降りて皆に少し彼女が遅れてるみたいですって言って謝ってくるから、そしたらまた部屋戻って来るよ。ね？　それならいいよね？　だってこんなに遅れたらもう来ないんじゃないかって、ナタリーだって不安になってるよきっと。戻ってくるから」

ぐずぐず嘘泣きをしながら彼の言葉に頷くと、また髪の毛にコテを当てた。とにかく一人で何かしなければならない状況が私は嫌で、いつも彼と二人で共同責任でなければ嫌だった。私は彼の保護下にあって、私の責任は私ではなく彼にあるという状態でなければ真っ当ではいられなかった。

いつまでそんな風に何でも人任せにしてるつもり？　前に彼が喧嘩の末にそう言い放った事があった。ずっとだよ、だって私の事スポイルしてくれるって言ったじゃん。私はそう言って大泣きした。昔、彼が言った何気ない冗談じみた言葉を、私は生きる糧にしていた。それがあって初めて、気持ちが落ち着いた。それがあって初めて、安心出来た。二十年間生きてきた中で初めてああ私生きてると思えた。それがなければ死んでいるも同然だった。私はその言葉を聞いた瞬間から、全身全霊で彼に依存してきた。依存して良いんだと信じ切って、むしろ彼のためにも依存するべきなのだというような気持ちで生きてきた。そして今更手の平を返す事は出来ないのだと、常日頃から私はこうして彼に言い聞かせている。依存している私を責める彼に、依存させた責任はそっちにある、と私は苛立っている。あなたがスポイルしてくれると言ったから、私は一人で生きていけなくなったのに、今更自立だの何だのと言われたところで、そんなのは受け入れられない。

髪の毛を巻き終えて化粧が完了しても部屋を出ず、ベッドの端に腰かけて立て続けに煙草を吸い、彼が戻ってくるのを待っていた。彼が戻って来て、煙草を吸っている私を見てむっとしたような顔を見せると、私は憮然としたまま煙草の火を消して立ち上がった。

雑誌のインタビューを終えると、次にテレビの取材があった。フランス人作家の男性が司会者らしく、彼が到着すると一気に空気が変わった。大柄なその男性は来るなりハイテンションで、ファビオ、と自己紹介し、アユ、アユ、と私の名前を間違えて呼び、君の作品はどうだこうだ、とまくし立てるように褒めてくれた。それを、少し醒めた目で見つめながら通訳しているカタコンベが何となく面白かった。

テレビのインタビューは、作家兼ＳＭ研究家だという、ＡＶに出てくる女教師のような格好をした女性とファビオに挟まれて始まった。取材が終わった後、ちょっときつい目をしたその女性が、私の手を取ってセイム、セイム、と言った。彼女が作家でありながらあまり英語がうまくないらしいという事に、私は勝手に親近感を募らせていた。見ると、私の指輪と彼女の腕輪は、カルティエのラブシリーズだった。何故か私にはその時、彼女がとても幸せそうに見えて、いつか絶対に彼にラブブレスを買ってもらおうと思った。ラブリングと違って、ラブブレスは外れないからかもしれない。ドライバーを使って閉じるラブブレスで誰かに支配されている彼女が、私には羨ましかった。彼女のこのラブブレスを閉じた男性がいるのだと思ったら、それだけでそれはとても素敵な関係のように思えた。

食事に行く途中、カタコンベが思い出したように、今日の夜はうちの娘も来るので、サインしてあげてくださいと言う。昨日、娘がファンなんですと彼は話していたのだった。もちろん、と答えるが、私は今日の夜が憂鬱だった。十人から二十人くらいでパーティーをすると言われていて、どんな人が来るのかと聞いてもジャーナリストとか作家とか、とまだ決まっていないのか内容もよく分からず、どんな店でやるのかも分からず、社交性のない私には知らない人がたくさんいるパーティーはあまり嬉しいものではなかった。

食事を終えると、彼らは仕事に戻ると言い私たちに手を振った。さあこの空き時間を利用して買い物に、と張り切っていた私はまず買い物をするために必要なスニーカーを買い、次から次へと狙っていた店に入っていった。私が延々買い物をしていても、彼は珍しく文句を言わなかった。

「何か結構、買い物したら気が楽になったなあ。何か、せっかくパリに来たんだから買い物しないと、って焦っててさ。こうさあ、行きたいお店が近くにいっぱいあるのに、なかなか買い物出来ない時ってものすごくストレスなんだよね」

「俺はあと、シャンソンバーに行きたいなあ」

「私も行きたーい。ナタリーに聞いてみようよ。近くにないか」

「うん。でもバカにされないかな。外人が日本に来てさ、カブキ見たいんだけどカブキはどこで見れるんだ、って聞いてるみたいな感じにならないかな？」

「うーん。そこまでじゃないんじゃないかな」

部屋に戻って荷物を置くと倒れるようにしてベッドに横になった。少し眠りたいなと思っていたけれど、眠りかけた途端携帯のアラームが鳴った。二人とも無理矢理体を起こして服を着ると、支度をして下に降りた。午後の取材は二件だけで、取材を終えた後一度部屋に戻ると、また下で待ち合わせてから皆でパーティー会場であるお店に向かった。何だか移動や取材や休憩や買い物や食事や休憩や、落ち着く間もない一日だなと思う。歩きながら、明日は撮影日だから飲み過ぎないように、そして出来るだけ早くホテルに戻るようにしようと彼と話し合った。フランスでは普通の事なのだろうか、不思議だったけれど、取材と撮影が別日に設定されていて、これまで受けてきた取材と合わせて載せる写真を、明日一日でまとめて撮るのだという。朝から、何人ものカメラマンが次々にやって来て私を撮っていくのだと思うと、何となく世にも奇妙な気持ちになる。

ナタリー、ナタリーの会社の広報が二人、評論家やジャーナリストが数人、カタコンベ、カタコンベの娘。集まったのは十数人で、私たちは店で大きな円いテーブルを囲んだ。ナタリーが席順を決めていて、やっぱり思った通り彼の隣には座れなかった。

私の隣には、話がうまくいくようにだろうけれど、カタコンベが座り、後で来るというファビオの席は空席のままだった。四つ離れた席に座る彼の隣にはカタコンベの娘が座って、私は彼らがナタリーの指示によって並んで座ったのを見た瞬間とてつもなく腹が立った。彼の隣に若い女が座るというだけで腹が立って、それはもちろん彼女が日本語を話せるという理由からだろうが、そんな事はおかまいなしに腹が立った。彼の隣に女が座る。それだけでロケットが飛びそうだった。メニューを考えているとファビオがやって来て、また空気ががらりと変わった。そうか出版社側にとってこのパーティーはファビオに対する接待の意味も含まれてるんだなと思いながら、隣に座ったファビオに今日はありがとうと言った。ついさっき、ファビオの話になった時、カタコンベが「まあ彼はあんまり、良くない人ね」と言っていたのが思い出されて、右にファビオ、左にカタコンベという図が何となく落ち着かなかった。カタコンベも作家だからだろうか、どことなくアーティスト気質で、自分が納得出来ない事やむっとした事はあからさまに態度に出すところがあった。取材中に私が質問に答えると「僕もそれはよく分かる」と言ったり、「そう？　それはちょっと違うと思うな」と私見を交ぜる事もしょっちゅうだった。

席について三言目には結婚してくれ、でなきゃ俺はここで自殺するよ、と言い、テーブルナイフで首を切る真似をするファビオに、あなたには女優のガールフレンドがいるって聞いたよと言うと、女優はクレイジーだから結婚は出来ないんだと言った。隣から、カタコンベが特に気を遣ってというわけでもない感じで身を乗り出してメニューを指さすと、「メニュー分かる？」と聞いてきた。分からないと言うと、これは○○の○○で、これは○○の○○で、と一つ一つ説明してくれるカタコンベに、はあ、へえ、と答えていると、ファビオが割り込んできて「牡蠣は好き？」と聞いた。好きだと答えるとじゃあ牡蠣と、あとは魚と肉はどっちがいい？と聞いて、肉と答えるとじゃあ俺と同じフィレにしろと言って、あっという間に店員を呼んで注文を始めた。ああこの人はきっと何かでラリってるんだろうなと思いながら、彼の下ネタをやり過ごした。ファビオの話をしているジャーナリストたちの会話の中から「コカイン」という言葉も聞こえたし、彼の事を表現する時に皆が皆口を揃えて「クレイジー」と言うのも変だと思っていた。

「ねえアユ、この店まで皆と来たの？」

「ナタリーとカタコンベと彼と来たよ」

「カタコンベと来たのかい？　危ないよ、彼はSMで有名な人だから、一緒に歩いてたら逮捕されちゃうよ」

そう言って両手首を合わせて大げさに笑うファビオを、カタコンベはあからさまに鼻で笑うような表情で無視した。ファビオはフランスでベストセラー作家らしいから、きっとカタコンベ的には色々と、思うところがあるのだろう。なんていう風に、頭の中で日本語のモノローグを展開させながら口では英語を喋ったり日本語で話すのを訳してもらったりしながら、フランス語や英語、そしてカタコンベの片言の日本語を聞き取ったりしていると、頭がパンクしそうになる。ワインが入って、食事を始めても、私の神経は尖ったままで、なかなか場の空気に馴染めなかった。若いジャーナリストたちは恋愛の話を始めてきゃーきゃー盛り上がり、彼はカタコンベの娘を通して批評家のおばさんと何やら難しそうな話をしていて、ファビオが大声で色んな人にちょっかいを出していて、私はどこかに属するわけでもなく、ただ淡々と声を掛けられれば対応していた。何度か彼にアイコンタクトを取って、ちょっと助けてよ、と訴えるものの、彼はどうしたの？という顔で笑いかけるだけだった。彼が電子辞書をいじりながら話していて、それをカタコンベの娘が覗き込んで彼らが少し近づいたのを見た瞬間、かちんと体が凍り付き、絶望的な気持ちになった。ちょっと来てよ、彼にそう目で伝えて席を立った。あ、ちょっとトイレに、と言ってテーブルを離れようとすると、ナタリーが心配そうな顔で私も行くわと言って付いてきた。私は愕然としながら店の二階に上がり、薄暗いトイレに入ると、便座に腰かけたまま嫉妬とワインでくらくらする頭を抱えた。

席に戻ると彼はまだカタコンベの娘と批評家と三人で話していて、ちらっと「クロサワ」という言葉が聞こえた。またクロサワかよ、と心の中で悪態をつきながら、フィレを食べる。もう、どれだけワインを飲んだのか分からなくなって、ファビオと紙ナプキンで絵描き遊びみたいな事をしたりして、前後不覚になりつつあるのを感じつつ、私は飲むのを止められなかった。

東京に戻ったらメールして、と言ってファビオの差し出したマッチ箱に書かれたメールアドレスは、どう見ても私には判読不能だったけれど、うん分かった、と日本語で答えて受け取った。

このままじゃ吐くなと、ジントニックに切り替えた頃、ああもうそろそろ解散かなー、と宴もたけなわな空気に少し安心する。皆酔っぱらってきてるし。明日早いし。そう思った矢先に、突然ファビオが「よし行こう」と言って私を立ち上がらせた。え？と言っている間に片腕を摑《つか》まれてがんがん引っ張られ、ナタリーが「何なのよ」と驚いた顔で言うとファビオは私には理解出来ないフランス語で何か言って私を店の外に引っ張り出した。なにこれたすけてー、と言う私を、彼はきょとんと見ていた。ほらおいで、と言われて走らされ、え、このままコカイン中毒にさせられるの？もう日本に帰れないの？やっぱり作家はキチガイばっかりなの？と思いながら寒空の中キャミソールワンピース一枚でファビオに肩を摑まれたまま走っていると、二百メートルほど走った所で突然「ここだ」と彼が立ち止まって小さな木製のドアを開けて私を押し込んだ。

唐突にジャカジャカとギターが鳴り始めて、「アユー、アユー」と私の名前を間違って連呼しながら四人のおじさんが歌い始めて、何これ何これと慌てている私の手を取ってファビオは踊り始めた。もちろんステップを踏めない私は彼に合わせて歩くだけで、私踊れない、とお手上げをして懇願するとファビオは私を抱きしめて左右にステップを踏んだ。ああこれを見たら彼は離婚するとか言い出すだろうかと考え、まあ言わないだろうなと思って憂鬱になる。何故彼は、カタコンベの娘と話している彼を見て私が嫉妬するように、私とファビオが話しているのを見ても嫉妬しないんだろう。

ジントニックを飲みながら、ファビオと静かに話し始めて五分ほど経つと、どやどやと皆がやって来た。ジャカジャカ鳴るギターに合わせて踊る人、ちょっと呆れた顔でテーブルにつく人、歌う人、反応はそれぞれで、そこに強制的な空気がなく、皆思い思いに生きているんだなと思ったら、少し癒された。彼の姿が目に入った瞬間安心して泣きそうになったけれど、怒りを露わにして私は手招きをした。

「何で来てくれなかったの」

「マユの荷物とかコートとか、クロークに預けてたの持って来たり、ナタリーの支払い待ったりしてたんだよ」

「何それ。そんなのいいよすぐに追いかけて来てよ。私すごい不安だったのに！」

「いや、どういう事だって、ナタリーに聞いたんだよ。そしたら近くのバーに先に行ってるって言ってたから、まあ大丈夫だろうと思って」

「何それ。何で心配しないの？　私死ぬかと思ったのに」

「死にはしないだろうと思ったよ」

「私は死ぬかと思ったよ。だって異国の地でいきなり連れてかれて、何で平気なわけ？　妻がこんな目に遭ってるのに」

「悪かったよ」

彼が全くもって悪いと思っていない事、その場しのぎで悪かったと言っている事、彼は本当に、私の事が心配じゃなかったんだという事、その三つが分かっただけで私には充分だった。怒りを飲む原動力にして、私はジントニックを何杯も飲み干した。左に彼、右にファビオという図で煙草とジントニックを手放さない私を、ナタリーが心配そうに見つめていた。ナタリーはお母さんみたいだ。私はそう思いながら、またジントニックを飲み干した。ファビオが話の途中に携帯をポケットから出し、光った液晶が目に入った私は酔っているせいもあって無理矢理に覗き込んだ。ファビオは一瞬隠しかけたけれど、諦めたように見せてくれた。

「ガールフレンド？」

そう聞くと、彼は笑って僕の一番大切な女性だ、可愛いだろう、と誇らしげに答えた。私は何故かその瞬間泣きそうになった。弾けんばかりの笑顔で映っている、三歳くらいの女の子が、私は羨ましくて仕方なかった。誰が、私を一番大切な女性だと思っているだろう。父親、夫、男友達、親友、仕事相手、日常的に関わっているそれらの誰一人として、私を一番大切な女性だとは思っていないような気がして、悲しみと、その事に対するどこにもぶつけようのない怒りが湧き上がった。

「あなたにそっくりだね」

そう言うとファビオは、そうだろう、でも僕はクレイジーだから彼女と一緒に暮らせないんだ、と少しだけ悲しそうに言った。私と暮らせない事を悲しむ男がどこにいるだろう、そこまで考えた所で、意識的に考えるのを止めた。

二時過ぎ、ナタリーが明日も朝から仕事だから、今日はここまでにしましょう、と私たちを立たせ、私と彼とナタリーは三人で店を出た。雨が降っていたようで、道が濡《ぬ》れていた。私は気分が悪く、言葉少なに歩いていて、ナタリーも彼も疲れているのか、あまり話さなかった。

ホテルに到着して部屋に入ると、途端に張り詰めていた糸がはち切れて、私は泣き始めた。

「ひどいよ。何で追いかけて来てくれなかったの？　助けてって言ったのに、ぼんやり見てるだけで立ち上がりもしなかった」

「でも、マユだって本気で抵抗してなかった」

「はあ？　何それ。あんな風に連れてかれて抵抗しようがないじゃない。私が連れて行かれて嬉しかったんだろうとでも言うわけ？」

「夫の前で他の男に強制的に連れて行かれるっていうどうしようもない状況を利用して、楽しんでるところもあったんじゃないの？」

「……何それひどい」

私は声を上げて大泣きしながら、その言葉が彼の嫉妬心から出たのであればまだしも、もしも本気で言っているのであれば離婚も視野に入れなければならないだろうと感じていた。ぎゃーぎゃーと言い争いをしている内に、私はどんどん気持ちが悪くなっていった。

「だって本当に嫌だったなら手を振りほどいてこっちに来れば済む事だろ？」

彼の言葉の途中で私は立ち上がり、ちょっと待って気持ち悪い、と言い残してバスルームに入った。トイレの前で膝をつくと、指を入れる前に吐瀉物が流れ出た。何度も何度も嘔吐いている内に、じわっと体中に汗が滲んだ。確かに今日は飲み過ぎた。何度でもあの状況で飲まなければ私は精神崩壊していたかもしれないと思い直す。胃が空っぽになるまで吐き続けて、顔と腕を石鹸で念入りに洗うと、バスルームを出た。驚く事に彼はベッドで眠っていて、私は隣に勢いよく腰かけ、ねえ何で寝てるのまだ話の途中でしょ？　と彼を揺さぶった。

「俺はもう話す事はないよ」

「何それそんなのひどい。だって私はまだ話す事あるよ」

「なに？」

「私に対してひどい事を言ったって事を少しは理解してよ。私の事貶めたんだよ。私の事侮辱したんだよ」

「俺が何侮辱したっていうの」

きゃー！　もしも、私が動物であったら、そう叫んでこの人の頭を枕元のランプでかち割っていただろうと思いながら、人間が文明開化した生き物で良かったな、命拾いしたな、と彼に対して恩着せがましい気持ちになる。それにしてもあれだけ吐いたのにまだ気持ちが悪くて、私はまた「ちょっと待って」と言うとトイレに入った。また膝をついて嘔吐くと、もう空っぽだと思っていた胃の中から食べ物とワインが少量流れた。胃がひっくり返りそうなほど嘔吐いて、胃液まで出してしまうと、私はまた顔と腕を念入りに洗ってバスルームを出た。汗が止まらない。私は這うようにして眠っている彼の隣に入った。言いたい事はたくさんあったけれど、もう力がなかったし、眠かった。うとうととして、胃が妙に脈打っているのを感じながら目を閉じた。

十分後、目を開け布団をばさりとはねのけると、バスルームに駆け込んだ。何度も何度も嘔吐くものの、もうさすがに何も出てこない。唾液と僅かばかりの胃液を吐き出すと、また顔と腕を洗ってバスルームを出た。

それを三セットほど繰り返し、私はこれがいわゆる飲み過ぎではない事に気づき始めた。異様なほど噴き出す汗に、胃の痙攣、吐くものがないのに吐き気がいつまでも治まらない事。私はそれだけの証拠をもって彼を起こした。超不機嫌な態度でなに？と起き出した彼に、ちょっとおかしい、と言う。

「何、どうしたの？」

「ちょっと、おかしい。飲み過ぎじゃないかもしれない」

「お腹が痛いの？」

「お腹は痛いっていうか、気持ち悪い、吐き気が治まらなくて、もう吐く物がないのに、何度もおえってするの。頭が痛くて、定期的に吐き気が襲ってきて……」

彼が信じていないような気がして、私は本当に本当に具合が悪いのだと伝える必要を感じていた。狼少年のようだと自分でも思う。私は、彼と喧嘩をしたり彼と何か言い争いをして、自分の分が悪くなると具合が悪いと言って彼の気を引いたり優しくしてもらおうとする癖があって、彼ももうそれを知っているのだった。そして彼は、もう絶対その手には乗らない、と常に気をつけているのだった。

「本当なの、ねえ本当に、死んじゃう」

私は本気だった。このままじゃ死ぬと思った。胃が痙攣していて、体中が震えて、落ち着く間もなく襲ってくる吐き気に、本気で死期を感じていた。もそもそと迷惑そうに起き出す彼に涙を流し、またバスルームで嘔吐いた。何度嘔吐いても出てくるのは胃液と唾液だけで、私は思考がまとまらない頭で異国の地で死ぬのかなと思う。

「何食べた？」

「ロブスター、生牡蠣、フィレ肉、あとアイスとお酒」

「生牡蠣食べたの？」

「食べた」

「何で生牡蠣なんて食べるの。ナタリーがこの店の魚介類はそんなに新鮮じゃないって言ってたじゃん」

「ファビオが好きかって聞いてきて、好きだって言ったら注文された」

「ちょっと待って」

彼はそう言って、空港で入った海外旅行保険のパンフレットを開いた。いつもまあ一応、と入っている海外旅行保険が、まさか役に立つ事があるなんてと、今自分が置かれている状況が本当に異常事態なんだという実感が湧いていく。常に全身を襲っている吐き気と、十分から十五分おきくらいに襲ってくる嘔吐くのを抑えられない激しい吐き気があって、常に気持ち悪がりながら次の波に怯えている内に、ああこんな思いをするくらいならパーティーなんてドタキャンすれば良かった、というよりもそれ以前にフランスなんて来なければ良かった、というよりも生まれてこなければ良かったと思う。

彼が電話で話しているのを聞いていても、今どういう話になっているのか、話がどういう方向に進んでいるのか、全く理解出来なかった。頭ががんがんして、心臓がばくばくしていて、気持ちが悪くて、過呼吸のせいか手足が痺れていた。ああもう死ぬのかな。本当に死ぬのかな、死ぬなら遺書を書きたいけど、遺書を書く力もないな、そう思って自分の無力さに悲しくなる。この気持ち悪さをどうにかするためだったら、どんなに気持ち悪い男とでもセックス出来る。遠のきそうな意識の中、そんな事を思う。

「日本語の通じる病院がね、ここから車で二十分くらいの所にあるらしいんだけど、フランスには救急車がないんだって」

そんな事あるもんか！　と言いたいものの、言葉が出てこなくて静かに頷く。

「だから俺フロントに行ってタクシー呼んでもらうから、待ってて」

嫌だ一人にしないでと呟いて泣く。彼は何言ってんだお前は、とでも言いたげに私を無視して出て行った。泣きながら、またこみ上げてきた吐き気に、もう動けないほど疲弊しきっている体を起こして、ただ透明なだけの唾液と胃液を吐く。何度嘔吐いても何も出てこない。バスルームまで這うようにして移動している自分が、一階まで降りれるとは思えなかった。彼がおんぶしてくれたとしたら、私は彼の頭に胃液を吐くだろう。

「今呼んでもらったから、ラウンジで待ってよう」

トイレのない所に行くのが怖くて、私は戸惑う。でもそんな事も言ってられなくて、私は取るものも取りあえず、コートをつかんで彼に肩を持ってもらって部屋を出た。ああもうこのホテルには戻って来れないのかな、日本にはもう帰れないのかな、吐き気と悲しみの中で泣きながら無理矢理歩いた。ラウンジに座っていると、いつも優しく対応してくれるボーイが心配そうにうろうろしているのがちらちらと視界に入って落ち着かない。

「あ、来たみたいだよ」

ボーイが呼びに来て、私たちは明け方四時、タクシーに乗り込んだ。空は明るみ始めていた。隣に座った彼の膝に頭を載せて横になると、彼が一瞬嫌がったのが分かって、悲しいけれどそれに楯突く事も出来ず肩で息をする。タクシーの中で吐きそうになったらどうしよう。私の不安はその一点に集中していて、こみ上げる吐き気が襲ってきたらタクシーから降りて吐こうと思うものの、でもどうせ吐いても出てくるものはほとんどないんだからここで嘔吐いても良いのかなとか、思いながら、何度か「うっ」とこみ上げてくるたびに、運転手が不安そうにこっちを振り返った。シートを汚されるのが嫌なんだろう。それなのに背中もさすってくれない彼への怒りと憎しみの協奏曲が車内に流れていた。大丈夫？　の一言でもいいから吐いてもらいたいのに！　私は呻きながら激怒していた。

病院に到着すると、裏口なのか救急の入り口なのか、閑散とした車止めに停まっている事に絶望する。ここからまた歩く事なんて出来ないと思ってその場に座り込んでいると、彼がどこからか車椅子を持って来た。体を半分に折るようにして座って呻いていると、彼はがらがらと車椅子を引いて、どこに行くのか分かっているのか、とにかく歩き続けた。途中ですれ違った清掃の人が、わーっと英語で何か言って、彼がサンキューと言っているのを聞いて、ああ私は本当に治療してもらえるのかなと、僅かな希望を持つ。やっとフロントのような所に着いて、彼が事情を説明する。

「シーイズオイスターショック」

オイスターショックってあんた、と思いながら吐き気に呻いていると、フランス人の看護婦が可哀想に、とでも言いたげに私を見つめて「海外からの旅行者は食中毒になりやすいのよ」という意味の事を英語で言った。「今日もあなたで三人目だわ」という言葉に、ああ私は今この瞬間にも死んでしまうのではないかと思い続け、こんな思いをしているのは世界中にただ一人私だけだと思っていたけれど、こんなに近くにあと二人も同じ理由で同じ思いをしている人がいるなんて世界はなんと広いのだろう。そして病院はなんと偉大なのだろうと気が遠くなった。それにしても日本語の通じるスタッフがいると言われてここに来た割にはフランス人の看護婦ばかりで、日本語のにの字も見あたらない事に不安が募った。

「ちょっと手続きが必要なので、彼女は先に処置室へ」

看護婦が言って、私は看護婦たちに車椅子で連れて行かれる事になった。そんな瞬間にも、彼があの手続きをしてくれと言っている看護婦に誘惑されるんじゃないかとか、電話番号を交換するんじゃないかとかいう不安が芽生えてきて、嫉妬に狂いながら処置室に入った。まるで手術室のような金属的な個室に連れて行かれ、緑色の患者服のようなものに着替えさせられ、ベッドに寝かせられた私は不安になる。本当にこの人たちは私がどういう状況になっているのか分かっているのだろうか。何か、勘違いをされていきなり開腹手術とかされたらどうしよう。その時麻酔の量が少なくてとんでもない痛みにもがき苦しむ事になったら？　あるいは、フランス人用の大量の麻酔を打たれてショック死するんじゃないか？　全く言葉が通じない人に治療をしてもらうのが初めての私はあまりに不安で、化粧の剝げかけた情けない顔でブロンドの看護婦さんを見上げた。大丈夫よ、大丈夫よ、たぶんそんな事を言ってくれたんだろうけれど、それが私に理解出来ない言葉であった事が不安を増長させた。

あ、吐く、吐く、という吐き気に「吐きます」と伝えなきゃいけないと思いながら、「吐く」という単語などフランス語でも英語でも知らず、そんな事を考えている時間もなくなって「うっ」と顔を歪めると、二人の看護婦は慌てて「〇〇〇」「〇〇〇〇」と言い合って銀色のトレーのようなものを差し出した。そこに胃液を吐くと、トイレに向かって吐いている時はそんなに量があるとは思わなかったのに、結構量があるんだなと感心する。吐き終え、ぜいぜい言いながら、私は気が狂いそうになるほどの頭痛だけは一刻も早くどうにかしてもらわなければと思って、看護婦に「ヘッドエイク、ハードヘッドエイク」と言う。看護婦は、可哀想に、とでも言いたげな顔をして、やって来た医者に状況を説明し始めた。先生は白人の男の人で、何やら話し合った後、私は何の説明もなく注射を二本刺された。ああこれで楽になるのかな、そう思いながら、でもこのまま死ぬのかな、とも思いながら目を閉じた。

真っ白い部屋の中で、うっすらと目を開ける。何をするでもなくぼんやりと椅子に座っている彼が見えた。そして私はまた目を閉じた。

真っ白い部屋の中で、再び目を開ける。彼が何か、電話で話していた。「シーイズオイスターショック」。それ、本当に合ってるのかな。そう思いながら、また目を閉じる。

真っ白い部屋の中で、ねえ、という声に目を開ける。

「今日の仕事、どうする？」

は？　仕事しろっていうの？　私は馬車馬か。そう思いながら、黙ったまままた目を閉じた。

真っ白い部屋の中で、ちょっと仕事は無理かもしれないんですけど、夕方からだったら大丈夫かもしれません、と話している彼の声が聞こえる。きっと、電話の相手はカタコンベ。そう思いながら少し体を起こした。

「あ、ねえマユ、仕事夕方からだったら大丈夫？」

私は彼と目を合わせず、再び体を倒して彼に背を向けた。そこにコンコンとノックの音がして、彼はすみませんまた電話します、と電話を切ってドアを開けた。

「こんにちは。いかがですか？」

日本人の女医さんは、入ってくるなりそう言って、本当に食中毒だったのかすら分からないままここまで来てしまった私は、すがるような思いで彼女を見つめた。

「まだちょっと、頭が痛いです。あと、熱がありそうです」

体温計を渡されて、腋に挟んだ。

「結局、やっぱり食中毒だったんでしょうか？」

「そうですね。急性胃腸炎です。生牡蠣にあたったんでしょう。旅行者には多いんです。疲労が溜まっていて、抵抗力の落ちた体がショック反応を起こしてしまうんです」

「そうなんですか。何が何だか分からなくて、怖かったんです」

「ほらね。生牡蠣にあたるなんてよくある事なんだから」

彼が、昨日の夜にも何度か言っていた言葉を再び吐いた。私はその言葉を聞くたび殺してやろうかお前も同じ思いをしてみろお前だって泣き喚くぞ、と思ったけれど言わなかった。

「今日、仕事があるんですが」

「彼女が、ですか？」

「はい。撮影とか、インタビューを受けるだけなんですが」

「無理ですね」

「え？」

「今日明日、まあ出来れば今日だけでも安静にされる事をお勧めします」

ばっかじゃねーの？　お前倒れた妻に仕事させようとするわけ？　死んだ方がいいんじゃねえ？　ていうか死ね！　と思いながら私はもっと追い打ちをかけてくれと女

医に念力を送る。ぴーぴー、と鳴った体温計を出すと38・5℃で、女医が熱もありますね、と言ったのを聞いてほら見ろ糞野郎！　と思う。

「夕方からでも無理ですか？」

「うーん。私の立場からは安静にしてくださいとしか言えません。明後日帰国なんですよね？　もし今無理をしたら、帰国出来なくなるかもしれませんよ」

「でも……」

「まあ、強制する事は出来ませんが」

　強制してくれよ私を入院させてくれよと思ったけれど、これから点滴をするので、それが終わったら帰ってくださいと言われた。私は彼の事を無視したまま、点滴を打たれたまま、また眠ってしまった。

　でも点滴が終わったらあっという間に起こされて、薬の処方箋と、急性胃腸炎について説明してある紙をもらうと、私たちはタクシーでホテルに戻った。今何時だろうと思って時計を見ると昼の十二時で、ああ本当だったら仕事をしていた時間だと思いながら、二人で綺麗にベッドメイクされたベッドに入った。左手首には患者識別用だろうか、ビニールのリストバンドがつけられていて、名前の一部と生年月日が間違って印字されているところに、何となく悲《ひ》愴《そう》感が漂う。あれ、これ外れない。引っ張って思う。そうこうしている内に、私はまた眠りについた。

いくら寝ても眠いままだ。目を覚まして思う。がさがさと音がして、彼が起きているのが分かった。でも昨日の夜から今朝までずっと、あまりにひどい扱いを受けていたせいで、自分から声を掛けるのが癪《しゃく》で黙ったままでいた。バタン、という音がして、はっとして起きると、彼の姿はなかった。ああきっと、薬を買いに行ってくれたのかな、それともナタリーと打合せかな、そう思いながら、トイレに入った。昨日吐き続けていたトイレで、今は尿を。そう思うと、自分がこうして生きている事がとんでもなく幸せな事に思える。

便座に腰掛けていると、またバタンと音がした。あ、彼が戻ってきた。そう思って急いで出ようと慌てていると、またバタンという音がした。え？　と思ってトイレを流して出ると、もう彼の姿はなかった。私がベッドにいなくて、起きているのが分かっているくせに、声も掛けずに出て行った？　私はそう気づいて、言いようもない怒りがこみ上げてくるのが分かった。もう、私と彼は終わりかもしれない。そう思いながら何か書き置きの一つでもないかと、ドアの近くにあるコーヒーテーブルまで歩くと、そこにガイドブックが置いてあった。フランスに来る前、「ここも行きたい」「ここも」と言いながら貼っていた大量の付箋《ふせん》が、一枚だけになっていた。ぞっとしてそのページをめくると、「モロー美術館」のページで、彼は私を置いて「絶対に行こうね」と二人で話していたモロー美術館に今向かっているに違いない！　と思いついた瞬間、目眩がするような怒りに体を震わせて、私はその場に立ちつくしたまま「わーん」と大声で泣いた。ガイドブックを壁に投げつけ、ベッドに戻って布団に潜って大声で声が嗄れるまで泣き続け、布団から出て携帯で彼に掛けるものの、昨日彼が「あっ、携帯料金払うの忘れてて止まっちゃった」と言っていた携帯はやっぱり繋がらなかった。それでも私は何回も何十回もかけ続けて同じアナウンスを聞いては泣いた。モローに行っているのであればまだいい。もしも彼が誰か他の女と、例えばカタコンベの娘やあの派手なジャーナリストの女や昨日の看護婦と会っていたりするんじゃないかと思い始めたら、怒りよりも悲しみよりも恐怖が肩を震わせた。

わんわん大声で泣き続ける事二時間。彼が帰って来るまで絶対泣き続けてやると思っていた私はとうとう涙が涸れて泣きやんだ。立て続けに煙草を吸い、あっという間に一箱吸いきり、そうだヘビースモーカーの人は指が黄色くなるんだよなと思って指を見るものの別に黄色くなくて、はっ、と思う。私は、煙草を吸う事で過剰にニヒリストになってこの状況を乗り切ろうと思っていたのだった。その時がちゃという音がして、彼が帰ってきた。時計を見て確認する。彼が外に出ていたのは二時間半。

「あ、起きたんだ」

「ずっと起きてた。起きてたの知ってるくせに。何で私が起きてるの知ってて声も掛けずに出てったの。まあ別に私もう悟ったからいいんだけど」

「だってトイレに入ってたから。ウンコとかしてたら声掛けられたくないだろうと思って。悟ったってなに？」

「だったらウンコ？　って聞けばいいじゃん」

「そんなの失礼じゃない。ずっとウンコ我慢してて、俺が出て行ったから急いで入ったのかと思ったんだよ」

「嘘。モロー美術館行くって言ったら私が泣くと思って黙って出てったんでしょ？」

「え、何で知ってるの？」

「ガイドブックに付箋がそこだけ残ってた。まあ別に私もう悟ったからどうでも良いけど」

「どうしても行きたかったんだよ。でもほら、薬も買ってきたんだよ。パンも。お腹空いてるだろうと思って」

病院でもらった急性胃腸炎の説明書にはパスタかスープをって書いてあったのにと思いながら、紙袋を開けて菓子パンを食べた。まだ胃がびくびくしていて怖かったけれど、空腹には勝てなかった。彼が帰って来たら、殺人かセーヌ川で心中かの二択しかないと思っていたのに、彼に会えた途端に怒りが三十パーセントくらい減したのが不思議だった。

「ねえ、お腹空いてないの？」

「ああ、俺は食べてきた」

「一人で？　レストランで？」

「うん。ドゥマゴの向かいのレストランでパスタ食べた」

何それ信じられない死んじゃえと思ったけれど、もう力がなかった。

「何か、良かったよ。一人でカフェテラスで食事して、煙草吸ってたら、何か落ち着いたっていうか、ああもう旅も終わりだなっていう気持ちになって、今回の旅行でやっと初めて落ち着いてパリを満喫出来たなって感じがしたよ」

やっぱり一人での食事はつまらなかったよ、とかマユがいないと何も面白くないねとか、そういう言葉を吐いてくれるだろうと思っていた私は泣きながらパンを食べた。

「でもマユにもお土産買ってきたんだよ」

彼はそう言って、私が一瞥してけっと思っていた筒からポスターを出した。モローの絵で、花の冠を載せたふくよかな女性が描かれていた。

「マユがこういう女性になるようにって思って」

「そんなデブにならないよ私」

「デブじゃないよ。マユはもっとがっしりした体にならないと。いい加減に少年から女性になりなよ」

「少年じゃないよ何だよそれ気持ち悪い」

「拒食症の女っていうのは少年でいたい女なんだよ」

「私拒食症じゃないもんバカ」

私は彼の買ってきてくれた薬を、本当にこの分量で良いのか不安で何度も何度も注意書きを確認したけれど結局よく分からなくて、最後は投げやりに飲み込んだ。点滴で入れてもらった薬が切れたのか、彼が帰って来て正気に戻ったせいか、唐突に熱が上がりだして、私はまた眠気に襲われた。

「ねえマユ、もし少し調子が良くなったらエッフェル塔まで行かない？」

「行きたい。行きたいよ。明後日帰国なのに」

「あ、そうだ。今日の仕事全部明日に回してもらったんだよ」

「そうなの？　じゃあ明日は一日仕事漬け？」

「うん。朝十時から。でも夕方には終わるよ」

「カタコンベが調整してくれたの？」

「まあ、カタコンベとナタリー両方と打合せして」

「二人とも、何か言ってた？」

「カタコンベは、あはは、大変みたいね、って言ってたよ」

「何それムカつくあいつ」

「ナタリーは心配してたけど、無理するなって。まあでも彼女が一番冷や冷やしたと思うし、明日ちゃんと謝るんだよ」

「うん。でも明日が潰れたなら、今日遊んでおかなきゃね」

そう言って目を閉じた。二人でベッドの中でぬくぬくしている内に、私は眠ってしまった。目が覚めると、電気も点けっぱなしのまま、もう時計は夜の一時過ぎを指していた。ぐっすり眠っている彼を見ながら、彼も大変だったんだろうと、この旅行に来て初めて彼の事を思いやる事が出来た。電気を消すと、私は彼の背中に寄り添って眠った。


さすがに朝七時には自然に起きて、私は支度を始めていた。本当はまだ本調子ではなかったし、ナタリーやカタコンベたちに心配されたり、「もう大丈夫です」とか「心配かけました」などの分かり切ったやり取りをするのも気が重かった。でも支度をして、フランスに来て初めて遅刻をせずにラウンジに降りた。昨日はすみませんでした、もう大丈夫です、私が言わなきゃいけないんだろうと思っていた言葉を、彼が皆に言ってくれた。でも、大丈夫かどうかなんて、あなたには分からないでしょ？という素直じゃない気持ちも交えながら私もすみませんでした、と何度か謝った。

まだ頭痛と熱があって、体が怠くて、インタビューの時はあまり盛り上がったり進んで話したりは出来ず、少し態度が悪かったかなと後で後悔する。二件取材を受け、フォトショットを二件終わらせると、一緒にランチは？　と遠慮がちに聞くナタリーに、彼女があんまり食べられないので二人で軽く食べてきますと彼が答えた。今日は絶対に二人で食事したいと、私が朝から言っておいたのを覚えていてくれたんだろう。

彼が昨日一人で行ったというレストランに入って軽い食事を終え、ああ住みたいなと、海外旅行の終盤には必ず口にする私の決まり文句を聞いて、彼はふっと少しだけ笑った。昨日の喧嘩、それとも私の食中毒、あるいは昨日彼が一人でモロー美術館に行った事を責めた事、何が原因か分からないし、それら全てが原因なのかもしれないけれど、彼が普段よりも私と距離を取っているような気がして、私はその出来てしまった溝を埋めようと躍起になっては空回りしていた。何かいつもと違う、と言っても違わないよと言われるし、何か怒ってるの？　とか何かあったの？　と聞いても別に何も？　と言われるだけだ。私は怒りと悲しみを抱えながらも、それを露わにすれば彼が更に距離を取るだろうと分かっていてそれらを押し隠す。でも何故押し隠さなければならないんだという、理不尽さに涙が出そうだった。

食後、しばらく休憩した後、最後の仕事に向かった。残りはフォトショットだけだったため、カメラマンと軽口を叩きながら撮影されているだけで、時間は過ぎていった。最後に、カタコンベにもプレス用の写真を撮られた。うん、そう、いいね、と小さく呟きながら撮る彼は、デジカメの使い方をあまりよく分かっていないようで、本当にカメラマンなのかなと思う。夕方、全ての仕事が終わると、カタコンべはすごく凝ったサイン入りの写真集を私に、そして例の日本を舞台にした小説を彼に渡し、もし良ければ日本で出版も、と言って名刺を渡した。ナタリーは本当によくがんばってくれたわね、と言って、初日に会った時と比べて大分憔悴《しょうすい》した顔で笑いかけた。

「あなたたちは今日は何か予定はある?」

「いえ、別に」

「じゃあ七時半に下に降りてきて。あなたたちをセーヌ川のクルージングに連れて行くわ。二人で楽しんできて」

私たちは顔を見合わせて、えー? と声を上げた。セーヌ川のクルージング行きたい、何言ってるんだよあんなの観光客しかいないんだよ? と私たちがやり取りしていたのを、彼女はカタコンべ越しに聞いていたのだろう。ありがとうすごく嬉しいですと言って、私はおしゃれをしに部屋へ戻った。

ナタリーの予約してくれたセーヌ川の豪華クルージングディナーは、まあ思った通り食事はまずまずで、観光客ばかりだったけれど、これまでロマンチックな演出をしてくれた事がほぼ皆無に等しい彼と付き合って三年も経つ私にとっては貴重な時間だった。

「ねえ楽しかったねフランス。私これまで行った国の中で一番好き」

「でも明日帰国だと思うと、何か少しほっとするよ」

「えー？　何で？」

「俺は大変だったんだよ。マユは好き勝手やってたけど」

「何それ。私食中毒になったのに。今だってまだ熱あるのに。本当はまだ消化のいいものしか食べちゃいけないのに」

「はいはい」

「ねえ私が食中毒になったの、もしかして信じてないの？」

「信じてないわけじゃないけど、でもああいうのは精神的なものからくる所もあるからね」

「そんなわけないじゃない私は生牡蠣にあたったんだよ？」

「でもマユは海外に行くと必ず倒れるじゃない」

「だってそれは、仕方ないじゃない別に倒れようと思って倒れてるわけじゃないんだから」

「わがまま病もあるんじゃない？」

あまりに悲しくて悲しくて仕方なくて、何でこんな糞男と結婚してしまったんだろ

う と後悔した。そうかと思う。あの、食中毒で倒れて以来、不信感を募らせているのは私の方も同じなんだ。互いに、互いを敬遠しているんだ。何か、二人とも互いを探るような態度を取っているような気がして、居心地が悪かった。

「煙草吸ってくる」

彼がそう言って立ち上がると、私も行くと言って立ち上がった。本当にムカついてムカついて彼の事が嫌いになりかけていたけれど、それでも一緒にいたかった。デッキに出て煙草を吸っていると、彼がポケットからカメラを取り出して私に向けた。にっこり笑ってレンズ越しに彼と見つめ合うと、パシッとフラッシュが光る。私も撮ってあげると言っていいよと言う彼からカメラを奪うと、目を逸らして煙草をくわえる彼を撮った。ねえ見て。エッフェル塔がぎらぎらしてる。そう言うと、彼も後ろを振り返った。エッフェル塔には、夜になると一時間に一度、ぎらぎらと激しくイルミネーションが灯る。

「本当だ」

コートを預けてしまったため、二人とも冷たい風の中で軽く震えながら、並んでエッフェル塔を見上げた。

「フランス人、別に冷たくなかったね」

「フランス人は、すごく優しいよ。マユが倒れた時とか、皆すごい優しくしてくれたんだよ？」

「そうなの？」

「そうだよ。タクシー呼んでくれたボーイの男の子がさ、すごく心配そうにしてて、それで次の日マユが帰ってきたの見て、すごく嬉しそうににこっとして親指立てて俺に合図してたんだよ」

「そうなの？　全然気がつかなかった」

「タクシーの運転手も、何度も何度も心配そうにマユの事見てたし」

そうなんだ、と言いながら、私はあのタクシーの運転手は吐かれてシートを汚されるのが嫌で心配しているんだと思っていた事を黙っていた。どっちが本当かは分からない。でも、私はあのボーイの子にしても、あんな真夜中に大騒ぎになって、迷惑な客だと思われてるだろうなと思っていた。彼といると、他の人が色々な面を持っている事が分かる。決して自分の感じた事が全てではないのだと分かる。彼と知り合って、そうして二人で色々な経験をしてきたのに、どうしてだろう私は彼の事を偏見にまみれた目でしか見れない。彼が女と話していると気が狂いそうになるし、彼は私の事を大切にしてないと思い込むし、彼が携帯で話しているのを見ると女じゃないかと疑うし、一緒にいない時は浮気か浮気でなくとも何か私の事を裏切っているんじゃないかと不安になる。彼と一緒にいると、色々なものが見えてくるのに、私の目から見える彼という生き物は、どんどん現実の彼とはかけ離れていって、歪んでいっているような気がする。一つだけ分かっている事がある。彼は不用意かつ失礼な言動でよく私を傷つけるけれど、彼が私を傷つけようと思った事は一度もないと。私は、腹が立つとわざと彼の言っている事をバカにしたり分からない振りをして、彼を傷つけようとする。でも彼は、いつも私を傷つけるけれど、傷つけようとは思っていない。何で私はこんなに嫌な人間なんだろう。涙が出そうになって、口をへの字にすると彼がぎょっとした顔で私を見た。

「なに、何でぎょっとしたの今」

「何か、泣くみたいだったから」

「何で私が泣くとぎょっとするの？」

「俺は泣く女が嫌いなんだよ」

彼はそう言って目を逸らした。冷たい彼に、私は何度も傷つけられてきたし、これからも何度も傷つけられていくだろうけれど、私たちは永遠に一緒にいるだろう。さっきまでは夫婦最大の危機だと思っていたのに、今はもう二人の未来しか見えなかった。パリの最後の夜、クルージングをして、記念写真を売りつけられ、しばらく散歩をして、エッフェル塔の下をくぐって、あー帰りたくないなと言いながら灯りの消えていくパリの街をしばらく歩いて、私たちはホテルに戻った。

Hawaii de Aloha

暗い照明、むっとする、淀んだ空気、それなのにどこか底抜けに明るい雰囲気のある、不思議な空港。降り立った私たちはバスに乗り、バゲッジクレイムまで運ばれた。アメリカなのにテロ対策のなっていない空港の造りに感心しながら、入国審査の列に並ぶ。隣に並ぶ彼に目配せをしてから、私が先に大声で「ネクスト」と呼んだおじさんの元へ歩いた。褐色の肌の、優しげなおじさんに指摘されて入国カードの不備を書き直しながら、後ろの方で彼も書き直しを促されている声が聞こえて、思わず苦笑が零れる。

「なにしに来ました？」

片言の日本語を話すおじさんに聞かれ、いつか絶対に暗記した事のある単語を思い出そうとしたけれど、悩んだ後諦めて「かんこう」と日本語で答える。

「ハナ、かんこう？」

私の入国カードに書かれた、滞在先の欄を指さしながら、おじさんが不思議そうに聞く。

「イエス、ハナ、かんこう」

おじさんは大げさに肩をすくめて笑ってみせた。

「ハナイズ、ホテル、シー、イート、スリープ、ザッツオール」

何にもない所だとは知っていたけれど、現地の人でさえ退屈する場所なのかと一瞬怯むも、ザッツベスト、と人差し指を立てて、判子を押してもらったパスポートを受け取ると、先に待っていた彼の隣を歩いた。ハナに観光、って言ったら笑われた、不安げに言うと、最初に行きたいって言ったのはそっちだよ、と彼は笑った。

国内線のトランジットは二時間以上も待ち時間があったから、荷物を預けてしまうと私たちはカフェを探して歩き回った。曇ったり晴れたりを繰り返す空に翻弄されながら、カフェが空港内に一つしかないという事と、そのカフェが空港の末端にある事を知ると、諦めて売店に入った。

「太陽、すごいな」

「ほんと、すごいね」

彼の額に浮かんだ汗を腰に巻いたパーカーの袖で拭おうとすると、彼が少しだけ屈んでそれに応えた。いいよ、いつもだったらそう言って邪魔そうにあしらうのにと、不思議がりながらぽんぽんと拭うと、スナックやチョコレートやアイス、飲み物を買って外に出た。

ベンチに落ち着いて、プレッツェルの袋を左右に引き裂こうとする彼を見ながらどきどきする。彼はよく、こうして袋を開ける時、ぱん、と破裂させてお菓子を飛び散らせてしまう。ぱん。何故か袋の下の方が全開になって、膝にプレッツェルが落ちてくるのに慌てている彼を見て大声で笑っていると、離れた所からも笑い声が響いて振り返る。アメリカ人だろうか、恰幅《かっぷく》の良いおじさんが彼を見て笑っていた。おじさんと顔を見合わせて笑っていると、彼は「もう」と顔をしかめた。

お菓子を食べ終えた彼が、飛行機で眠れなかったせいか私の膝に頭を載せて眠ってしまったのを確認してから、ヘッドホンを耳にかけて音楽を聴いた。彼が外で膝枕を求めたのは、多分初めてだと思いながら、流れ出した曲に思わず顔を上げる。つい数日前まで、狭い仕事部屋で、パソコンに向かいながら、仕事に追われながら、ぴりぴりしながら聴いていた曲が、ハワイでも普通に耳に届く。それは何だか、とてもすごい事のように思えて、私は思わず辺りを見回した。椰子《やし》の木、南国特有の、木に咲く赤い花。相変わらず、曇ったり晴れたりを繰り返す空。日差しが照るとキャミソール一枚でも汗をかくのに、曇ると肌寒くてパーカーを羽織ってしまう。そんなサイクルが、十分おきくらいで入れ替わる。彼がさっき袋を開けた時にこぼれたプレッツェルを、小さな、雀のような鳥がついばみに来て、膝を動かさないように、小鳥を驚かさないように、静かにバッグを開けるとデジカメで鳥を撮った。それから、ぐっと背筋を伸ばして、ぎりぎりの至近距離で彼の寝顔を撮った。彼は起きない。いたずらが成功したような気持ちで、カメラをバッグにしまった。

審査を抜けて、国内線の出発を待つ間、一杯飲んで行こうと入ったバーで奇妙な名前のカクテルを発見する。

「私、マンハッタンがいい」

「アップルパイティーニ?」

「何でそういう、面倒な事言うかな」

英語が苦手な彼は、アップルパイティーニ二つ、ね、と勝手に決めてカウンターに注文に行った。アップルパイティーニは、細かく砕かれたシナモン味のパイ生地がグラスの縁に塗された、アップル味のマティーニだった。あまり美味しくなくて、私は二口で飲むのを止める。

呼び出しのアナウンスに気づいて搭乗ゲートに行くと、窓ガラスから見える飛行機を見て、後ろで彼が固まっているのが分かった。思わずにこにこしてしまう。八人乗り小型飛行機、風のある日はかなり揺れる。インターネットで情報を調べておいた私は、知っていた。乗り込んで初めて、天井が低すぎて機内では真っ直ぐ立てない事に気づく。椅子はパイプ椅子を固定しているような頼りなさで、でもシートベルトは腰と肩の二重になっていて、そのアンバランスさが胸を高鳴らせた。私はジェットコースターが大好き。彼は大嫌い。八つの席は左右に四つずつ配置されていて、真ん中が通路になっているため、大型飛行機の時と違って怖がっている彼の手を握れないのが気がかりだった。

「大丈夫？」

私のその声は、緊張のせいか、エンジン音のせいか、聞き取れなかったらしい。飛び立った途端、大型ジェットとの違いを体感する。飛行機の動きがそのまま体に返ってくるようだった。今までは飛行機に乗っていても、窓の外の景色はただの画像で、体感型コースターに乗っているような気持ちで過ごす事が多かった。でも本当に、私は今空を飛んでいるんだという、強い実感があった。飛行機が水平飛行になると彼も落ち着きを取り戻したようで、下を指さしては「潜水艦だ」とか「海面で何か飛んでる」とか「あそこがワイキキビーチかな」などと話しかけてくる。ほんとうだ、そうかもね、適当な相づちを打ちながら、私は疲れのあまり眠ってしまった。

がくがくと揺れる飛行機に目を覚ますと、彼がまた窓の外を指さして、着いたよと声をかけた。小さな小さな滑走路に、小型飛行機は何の問題もなく着陸したけれど、空港がどこにあるのか分からなくて両側の窓をちらちらと見やっていると、前の方に乗っていた赤い帽子の女の子が声をあげた。「エアポート!?」そして、後に続く笑い声。私も空港を見つけると、笑ってしまった。ほんとに？　思わず、そんな呟きを漏らしてしまう。小屋としか言いようのない、ドアすらない、田舎の無人駅のような建物だった。でも看板には「HANA AIRPORT」と書かれている。飛行機を降りると、彼の手を握ってやっぱり無人のエアポートに足を踏み入れた。パイロットから荷物を受け取ると、ホテルの送迎員が声を掛けてきた。真っ赤な、小型の路面電車のような形のバスを指さしている。トランクやスーツケース、そして私たちと、飛行機で前の方に乗っていた家族が乗り込むと、バスはホテルに向けて走り出した。道中には森と草原しかなくて、店や家はほとんど見あたらない。必要な物はホテル内の店で揃うとは聞いていたけれど、一応ここもハワイなのにと、あまりの何もなさにびっくりする。右手の高い丘を見上げていると、赤い帽子の女の子が前の席からじっとこちらを見ているのに気がついて、私たちは無言のにらめっこをして笑い合った。

バスが小さな円形のエントランスに到着すると、まだ部屋の準備が出来ていないと言われたため、レストランでランチをとる事にした。スナック菓子しか食べていなかったせいで、お腹はかなり減っていた。窓際のテラスに座って、そこから見える海や椰子の木、色とりどりの花や草原を指さして見て見て、と言い合った挙げ句、終いには二人とも黙り込んで海を見つめた。こんな自然がある所に来るのって何年ぶりだろう、とか、こんなに広い草原なんて初めて見た、とか、ハナに来たら言うだろうと思っていた言葉は出てこない。どこかで体がスマートに順応して、自然の中にいるのが自然な状態になりつつあるのを知った。別に、何も不思議じゃない。自然はそこにある。それは特異な事じゃない。どうしてだろう、こんな自然を間近に見るのなんて初めてかもしれないのに、私はそれに違和感を感じなかった。でもどこかそれは、バーチャルな世界にも感じられた。楽園と言う名のゲームをしているように。

「ポルチーニリゾット」

「サウンズグッド」

「グリルドペッパーチキン」

「サウンズグッド」

「フレッシュフルーツジュース」

「サウンズグッド」

「オーガニックジュース」

「サウンズグッド」

サウンズグッド、を最高の笑顔で繰り返す店員に注文を済ませると、到着した時にかけてもらった生花のレイを弄んでジュースを待った。顔を動かしたり、風が吹くだけで、ふんわりと香るレイの香りが心地いい。

「実際にさあ」

「うん?」

「かけてもらうと、嬉しいものだね」

「レイ？」

「レイって言うの？　これ」

「知らないの？」

「知らなかった。かけてもらう事になったら嫌だなあ、って思ってたんだけど、実際かけてもらうと結構嬉しいものだなあ、って思って」

彼の正直な感想に思わず顔がにやけてしまう。確かに、レイをかけてもらった時、彼はすぐに外してしまうだろうと思っていたのに、ずっとつけているのが不思議でもあった。嬉しかったんだ、そう思うと、私が嬉しくなった。彼とレイをかけたまま食事をするのは、もちろん初めてだった。でも、ストライプのワイシャツに、黒のスラックスという彼の服装の中で、レイはかなり浮いていた。

このホテルの唯一の欠点、とネットの情報にもあった通り、あまり美味しくない料理を食べ終えると、私たちはホテル内にあるショップを見て回り、大体の目星をつけておいてからチェックインをした。

「ファイブオーワン」

部屋番号を告げると、アロハシャツに短パンのボーイがゴルフ場で使うようなカートを指さした。二人で乗り込むと、彼はぐるりとホテルの敷地内を一周して、二つのプールと、ジャグジー、ヨガルーム、ホテルに唯一テレビとインターネットがあるダイニングルーム、プールバー、ジム、と案内をしてから501号室に連れて行ってくれた。私も彼も、初めて泊まるコテージ。入った瞬間ため息が出る。私たちの家。すぐにでもそう言えてしまうほど、馴染みやすく、清潔で、落ち着いた内装。私たちの日本の家の、リビングよりも広いバスルーム。キングサイズのベッドに、二つのビーチチェアが並ぶ大きなテラス。一面の窓から見える海や草原と並んでも自然な色のテーブルセットと、ソファとローテーブル。何よりも嬉しいのは、テレビがない事だった。家にいる時、彼は大抵テレビかパソコンを見ている。知人にこのホテルを勧められ、部屋にはテレビがないんですよ、という言葉を聞いた時からずっと、いつかこのホテルに泊まってみたいと思っていた。

フルーツと飲み物はフリー、金庫は冷蔵庫の隣、クローゼットにはアイロン、何か質問は？　はきはきと聞くボーイに首を振ってお礼を言うと、私たちは二人になった。開け放してある一面の窓からバスルームの窓へと流れる風が、とどまる事のない自然の流れを映し出すようで、思わず自分も自然なものなのだと思い出す。動物や自然と同じで、呼吸をしたり排泄したりして生きているのだと思い出す。決して誰かに作られたものではなくて、組み立てられたものではなくて、人の肉から生まれ出た、血の流れた肉体なのだと。それは動物の餌にでもなり得る、自然の一欠片なのだと。私はその時、自分が死んだ時は火葬でも土葬でもなくて、犬やライオンやハイエナや、そういう物に食われてなくなってしまうのも良いのかもしれないと思った。

シャワーを浴びて出てきた彼は、コンタクトを外したのか度入りのサングラスをかけ、ジェダイローブを羽織っていた。荷造りの時に、絶対やめて、絶対持ってく、とやり合ったスター・ウォーズグッズのジェダイローブを、着いて早々に身につけるなんてと呆れたけれど、フォースの力が必要なんだよと突っぱねるに決まっているから、もう何も言わなかった。そう言えば、そんなの邪魔だよと言う私に、飛行機の中でやるんだと言い張ってトランクに詰めたシャーロック・ホームズのゲームブックは、結局開きもしなかった。

既に眠そうな表情がやけに可愛くて、微笑みを漏らしながら、まだ夕方なのにもう寝ちゃうの？　と聞きながら私も服を脱ぐ。

「もう眠いよ。ねえ、あれ持ってきて」

ベッドに寝そべってしまった彼に、レイを持って行く。いい匂い。そう言いながらレイの匂いを嗅ぐ彼が、日本にいる時と違う人格になりつつあるのを感じる。バスルームで裸になると、ベッドを振り返る。大きな枕に、頭を載せると言うよりは寄りかかるようにして目を瞑っている彼の頭に、二重にしたレイが王冠のように載っているのを見て、声を出さないように笑いながらシャワーを浴びに行った。

翌朝は快晴で、私たちはパンケーキを数切れ食べると、ホテルのショップに行って買い物をした。ビーチバッグ、ビーチサンダル、麦わら帽子、彼のアロハシャツと海パン、パレオにサングラス。そしてきちんと支度をしてから、一時間おきに出ているビーチへのシャトルバスに乗り込んだ。コテージからも海が見えるし、近くにもビーチがあったけれど、ホテルの専用ビーチまでは車で十分ほどかかった。ナイスサン！運転手の言葉に笑顔で手を振ると、私たちはビーチに降りた。そう広くはないけれど人気もまばらなビーチは、美しくて、暑くて、波が高かった。ビーチハウスでビーチチェアとバスタオルを借りると、私たちは体を晒《さら》して寝そべった。普段は上半身すら裸になるのを嫌うくせに、彼は長めの海パンをまくり上げてサンオイルを塗っている。

「あれ、貸してもらえるのかな」

彼が、指さして言った先には、ボディボードで泳いでいる人たちがいた。聞いてくるね、そう言ってビーチハウスに舞い戻って行く彼を見送りながら、嬉しくて堪らない。こんなにアクティブな彼は、知り合って三年以上が過ぎた今、初めて見る。「一緒に泳ごうね」「俺は、本でも読みながら待ってるよ」「一緒に遊びたい」「俺はいいよ」日本で出発前に交わしていた会話を思い出して、その差がおかしいというよりは意外過ぎて、私は嬉しさと共に、何故か少しだけ不安になった。

「一緒に行こうよ」

二つボディボードを借りてきた彼がそう促したけれど、少し焼きたかった私は後で行く、と言ってビーチチェアに寝そべった。

「あ、それからデリバリーしてるって言うから、ランチ頼んでおいたよ」

彼は嬉しそうに言って、海へ向かって行った。無邪気さ。日本にいる彼に足りなかった無邪気さが、今は全開だ。私は、酔っぱらっている彼が好きだ。酔っぱらった時、彼は時々少しだけ無邪気になる。おつまみの乾き物を投げ合ったり、変な顔をして笑わせてくれたり、普段はしない、ベッド以外での衝動的なセックスをしたり、そういう、何ものかに縛られていない彼が大好きだ。

さっきスプレーで吹き付けたサンオイルが完全に乾いてしまうと、ボディボードを持って、沖の方で波に揺れている彼の元へと足をばたつかせた。名前を呼んでこちらに気づかせると、二人で並んで泳いだ。ボディボードに半身を置いて下を眺めると、岩や砂場、珊瑚《さんご》が見える。深い青色の所と、エメラルド色の所と、水色の所。場所によって色が違う海。特に透き通った所では小さな魚が見える。時折高い波がやって来て、少しだけ、波に乗る人たちの気持ちが分かったような気がした。最初は怖かった高い波を、次第に求めるようになっていく。強い波に乗ると、自分もサーファーになったような気がして、気持ちが高揚していった。

「あ、来てるよ」

二つのビーチチェアの間に紙袋が置かれているのを見つけて、彼に声を掛ける。食べに行こうか、彼に頷くと、私たちは浅瀬に向かって泳いだ。何故か分からないけれど、一番波が強いのは浅瀬で、私たちはビーチに上がる前に二人して波に飲まれて、頭のてっぺんまでずぶ濡れになった。

一度シャワーを浴びてから、がさがさと音をたてて茶色い紙袋を開ける。何が入っているのか分からないランチボックスは、空腹と想像力を刺激して、えも言われぬ幸福感を旋風のように巻き起こした。中身は春巻き状の、薄いパンで包んであるサンドイッチのようなもので、ラップをはがして食べると、エメンタールチーズとチキンの味がじんと口中に染み渡った。ケチャップつけると美味しいよ、マヨネーズもあるよ、ほんと？　マスタードも、マスタードはいらない、マスタード美味しいのに……。彼はいつも、私のマスタード嫌いを直そうとする。絶対に食べないって言ってるのに、マスタード味のポテトチップスを買ってきたりもする。

デザートは色とりどりのフルーツ。イチゴは甘さが足りなくて、パイナップルとオレンジは美味しくて、スターフルーツは少ししなびていた。お腹が一杯で、残してしまったポテトチップスの袋を見てげんなりしつつ、明日のおやつにしよう、と言うと彼もうんうんと同じ顔で頷いた。水を飲んで一焼きすると、彼はまたボディボードを片手に波へと向かって行った。私はもう疲れてしまって、ずっと麦わら帽子の下から覗く、小さな彼の姿を目で追っていた。小さい頃、家族で海に行くと両親はいつもパラソルの下にばかりいて、ほとんど泳がないのを何故だろうと不思議がっていたのを思い出して、苦笑が零れた。

海からホテルに戻ると、コテージの近くにあるプールに入って、一泳ぎした。波に揺れるんなら海、泳ぐんならプールかな。ほぼ貸し切りにちかいプールでぷかぷかと背泳ぎをしながら、ビーチチェアに寝そべる彼を呼ぼうと見やったら、鼻に水が入った。

「ねえ、どうしてだろう。私、背泳ぎで真っ直ぐ泳げない」

「そう？」

「うん。真っ直ぐ泳いでるつもりなのに、気がつくと斜めになってるの」

「それよりさ、背泳ぎする時は手で搔くんだよ」

「分かってるもん。違うの。手で搔くの下手だから、足だけで泳ぐの」

プールのすぐ脇にあるジャグジーに浸かって話しながら、私は平泳ぎと手で搔かない背泳ぎしか出来ないのを思い出した。クロールは苦手だし、バタフライはもってのほか、犬かきも出来ない。ここにいる間に、クロールくらいは出来るようになりたいなと思いながら、彼がプールバーでもらって来てくれたバスタオルに体を包んだ。水着のままコテージに戻る途中、ケケケケケケケ、という奇妙な鳴き声を聞いて、虫だ、鳥だ、と言い合ったけれど、結局鳴き声の正体は分からなかった。

甘い。レストランで、モヒートを飲みながら思う。たっぷり蜂蜜が入っていて、どんなにミントを噛んで口中を爽やかにさせても、すぐに甘みが蘇ってしまう。先にモヒートを飲み終えた彼に飲み残しのモヒートをあげて、私はジントニックをもらった。

ステーキ、一度は頼んでみなきゃと思っていたそれは、やっぱり想像通りの一品で、肉にポテト。それだけのシンプルなステーキだった。彼はハンバーガー。やっぱりそれも、ハンバーガーにポテトという、シンプルなハンバーガー。

「アメリカでは、野菜を食べようと思ったらサラダを注文しないといけないんだね」

「こっちは入ってるよ、レタスとトマト」

栄養に無頓着な彼は、そう言って大きなハンバーガーに噛みついた。彼の手に滴る肉汁が唾液をそそって、すぐに一口ちょうだい、と手を伸ばした。途中でハワイアンショーが始まって、三人の太ったおじさんたちがウクレレやギターでハワイの歌謡曲を演奏した。訳も分からず、「アロハ」と言われたら「アロハ」と返して、「マハロ」と言われたら「マハロ」と返していただけで、本当のところどちらの意味も分からない。つまり、私はハワイ語を一言も知らなかったけれど、それでも心地の好い、ゆったりとしたリズムに乗るハワイアンライブは、濃いジントニックと一緒に体に染みた。

コテージに戻ると天井近くの梁《はり》にヤモリが這っているのを見つけて、ねえねえ見て、と指さした。ひとしきりヤモリヤモリ、とはしゃいだ挙げ句に、私たちは電気を消してベッドに入った。ヤモリが入り込んだ部屋で眠るなんて、東京では考えられない。ほんのちっちゃな虫が飛んでいるだけで大騒ぎして、逃げ回って、殺してとせがんでいた私がヤモリを気にしない事に、彼の方が驚いていた。テラスと部屋と外の区別が曖昧になって、自分自身が自然と一体化しているような解放感のせいで、私はもう、虫も蛾もヤモリもそんなに怖くなくなっていた。

どうせ海入るんだから化粧なんていいよ。彼に急かされながら、いつもより簡単にメイクを済ませて水着を身につけると、上に短パンとキャミソールを着た。ビーチバッグにサンオイルと日焼け止めと水とサングラスと上着を詰め込む。時間が迫っていたけれど、テラスで一服は忘れない。部屋が禁煙と聞いた時はショックだったけれど、テラスだったらオーケーという言葉は救いだった。部屋にいる時は窓を開け放しているため、テラスも部屋の一部のようなものだった。温度も空気も、何も変わらない。灰皿がないため、飲み終えたコーラの缶に吸い殻を入れる。

「行こうか」

「うん。カード持った？」

うん、彼が応える。カードキーを持つのは彼の役目。いつの間にか、そうなっていた。私の服にはポケットがない。あるいは、ポケットが小さい。彼はそれを知っている。

今日はクリスマスイブ。そして、私たちの結婚記念日。今日、私たちはカヤック&シュノーケリングツアーを予約している。急いでコンシェルジュまで行くと、ボーイがバスでハナ・ベイまで連れて行ってくれた。待っていたのは初老のおじさんで、大きなサングラスをかけた彼はにこやかに私たちを迎えてくれた。「ケヴィン」彼はそう自己紹介をした。カヤックやシュノーケリングに必要な物を揃えてしまうと、ケヴィンはおもむろにマックを取り出して私たちに差し出した。デスクトップには舌を出した白い犬。

「ソープリティドッグ」

飼い犬だろうと思ってそう言うと、ケヴィンは笑って言った。

「ヒールックスライクアドッグ、バットヒーイズマイサン」

笑っていると、DVDが映し出された。このカヤック&シュノーケリングをやっているカップルのDVDだった。どうやら、幾らか上乗せすれば、俺が撮影をして編集をして記念のDVDを作ってやる、という意味らしかった。私と彼はしばらく見つめ合い、頷き合うと、ほぼ同時にケヴィンを向いて「プリーズ」と答えた。

ある程度漕《こ》ぎ方を教えてもらうと、私たちはカヤックに乗り込んだ。ちょっと待て、そこでターン、リバース、そこを通って。昔、映画の製作に携わっていた事があると話していたケヴィンは、カヤックで並走しながらあれこれと指示を出して私たちを撮った。

「普通に乗るより、ずっと疲れるよ」

彼の言葉に苦笑も零れない。私はカヤックに乗り込んで十分もしない内に船酔いをしていた。疲れたなら漕がなくていいよ、俺が漕ぐから。彼の優しい言葉に素直に休んでいると、ケヴィンが「ゴーイングゴーイング」と進路を指示して、またすぐに漕ぐ羽目になった。へとへとになった頃シュノーケリングが始まるも、足ひれとゴーグルをつけていきなり「レッツゴー」と言われて仕方なく水に入るともの凄い冷たさで、私はきゅっと体を縮めて助けを求めようとケヴィンを見上げた。

「ジャストドゥーイット」

彼のジェスチャーを見て、仕方なくゴーグルを水面につけてみる。その途端真っ青な世界が広がって、私は思わず感嘆の声を上げた。上の方から、支度をしている彼と、ケヴィンの笑い声がする。びっくりした。こんな世界があるなんて、知らなかった。今まで、テレビでは何度も見ていたから、初めてでもシュノーケリングなんて大した事ないだろうと思っていた。びっくりした。真っ青な世界。黄色い魚大きい魚群れる魚。珊瑚珊瑚珊瑚。岩。何だろうこれは。いつの間にか潜っていた彼に向かって、足ひれをはためかせる。魚を見つけては指さし合って、水が綺麗な所では手を繋いで泳いだ。気がつくと、向こうではケヴィンが水中カメラで私たちを撮っていた。本当はもっと下の方に潜ってみたかったけれど、息を吸う所がどうなってしまうのか分からなくて、怖くて止めておいた。途中でケヴィンが大声で呼んでいるのに気づいて行ってみると、ナマコ！　と言ってナマコを手渡されてきゃっきゃ言いながら彼に渡そうとしたけれど、彼は怖がってちょっとしか触らなかった。

カヤックとシュノーケリングでへとへとになって、ケヴィンにお別れを言うと、私たちはホテルに戻ってルームサービスを頼んだ。もう、出歩く元気はなかった。揚げ餃子にサラダにフレンチフライ。食べきってしまうと、私たちはベッドに横になった。ハナにいると、普通に昼寝が出来る。夜十二時には寝て、朝早く起きて、昼過ぎか夕方に少し昼寝をして、それでも夜が来たらまた眠れる。幾らでも眠れる。東京にいると、私たちは二人とも眠れない。朝の六時から八時に寝て、昼過ぎに起きる。それから彼は会社に行って、深夜に帰って来て、やっぱり朝まで眠れない。陽が差さないと眠れない。太陽アレルギー？　などと話していたけれど、私たちの不眠はただの、環境のせいだったんだ。そんな風に、考えるのもばかばかしくなる、ハナの午後。私たちはキングサイズのベッドに、好きなように寝ころんで眠った。

夕方五時に起き出すと、支度をしてホテルの敷地内にある教会へ向かった。今日はクリスマスイベントがあると、アクティビティーリストに書いてあった。ベルの演奏、聖歌の演奏、聖歌の合唱、聖書の朗読、パンフレットの歌詞を見ながら、私も歌った。そして最後には皆一本ずつ蠟燭《ろうそく》を灯して、祈りを捧げて、イベントは終わった。教会に来たのは初めてで、キリスト教にも見識のなかった私は、彼のキリスト教に纏わる難しい話を聞きながら散歩をした。

コテージに帰ると、今日はヤモリが二匹迷い込んだ部屋の中で電気を消し、窓から窓へと流れゆく風の涼しさと彼の温かさを感じながら、ゆっくりと眠りに落ちた。

乗馬もした。ドルフィン&ホエールウォッチングにも行った。それでやっぱり最後の日、私たちはビーチに行く事にした。あんなに予定を詰め込まなくても良かったかなって、今となっては思うんだ。明日帰国する時になって、唐突にそう言い出した彼に同調した。

「だから言ったじゃん。リゾートっていうのは、疲れるためのものじゃないんだから」

彼の遊びたい衝動に付き合って疲れ切っていた私は、ため息交じりに言った。

「でも、どうしてもカヤックに乗りたくて、鯨も見たくて、馬にも乗りたかったんだよ」

「分かってる。鯨は見れなかったけどね」

私たちは支度をすると、ビーチに向かった。今日で最後。そう思うと憂鬱で、バスの中でもビーチでも、泳ぎながらもどこか悲しかった。ホテルに戻ったら、お土産とか買わなきゃな、明日のために、荷造りもしなきゃ。気がつくとそういう事ばかり考えていて、それを振り払うように、高い波を求めて二人で沖へと泳いだ。ビーチに着いて三時間が過ぎた頃、曇りがちになってきた空に諦めてホテルに引き返す事にした。

送迎バスを待っている間、煙草を吸っている私たちに一人の女性が声を掛けてきた。煙草を一本、というジェスチャーをした彼女に、煙草を差し出すと満面の笑みでサンキューと言う。

「アーユージャパニーズ？」

「イエス。フロムトーキョー」

「オー、ビジーシティ」

大げさに言う彼女に肩をすくめて見せる。

「アーユーリビングヒア？」

現地人というよりは、アメリカ人のような外見をしていたため、私はそう聞いた。

「イエス」

羨ましい、そう言おうと思ったけれど、羨ましいを英語で何というのか分からず、顔だけでその気持ちを表した。彼女は笑って、しばらくビーチを眺めてから言った。

「ハナイズザベスト」

笑顔で悠然と煙草をふかす彼女を見つめながら、私は一瞬言葉に詰まった。それから、アイスィンクソートゥー、と答えた。

ホテルに戻ると、レストランでパインカクテルとマイタイ、それから魚のソテーとハンバーガーを注文して、今日で最後なんだねと、二人でそれぞれ物思いに耽《ふけ》る。

「例えばさ、こっちに家を買って住むとしたら……」

「こっちの別荘は幾らくらいするんだろう……」

「こっちに住んだら、どんな仕事をするかな……」

彼の話題は、そういうものに尽きた。私は笑って、さらっと流して聞いていた。日本に帰りたくない彼が、公園から帰りたくない子供のようでおかしかった。それでも私たちは帰る。帰るかもしれないでも、帰るだろうでも、帰るに違いないでもない。私たちは帰る。それは事実だった。その事実をどうにかしようとする彼は、全能感に苛まれている子供のようで、切実でありながら、私は微笑ましい気持ちになった。

遅いランチを済ませると、プールで一泳ぎした。ビーチの方は陰っているのに、プールの方はまだ陽が差していた。斜めの背泳ぎをしていると、いきなりきゃっきゃと声が聞こえて、私は足を着いて振り返った。今日やって来たばかりなのか、団体の家族で来たらしい子供たちがざぶんざぶんとプールに飛び込んでくる。ビーチチェアにいた彼と顔を見合わせて、私は隅の方で泳いでいた。

「あっちのプール行ってみない？」

彼の提案に従って、水着姿のまま敷地内を歩いてもう一つの小さなプールに向かうと、貸し切りだった。日当たりが良いのか、こっちの方が水が温かい。二人で端から端まで泳いだり、どっちが長く潜っていられるか競争したり、彼にバタフライを教えてもらったり、ビキニのパンツを引っ張る彼から逃げたり、遊んでいる内に夕方になった。プールから出ると、緩やかな風に鳥肌が立つ。バスタオルを巻き付けてコテージに戻ると、しばらく二人でぼんやりとソファに座ったり、テラスに出たりして、最後の夜を過ごした。

「お風呂、先入る？」

彼に頷いて、付けていたパレオを外す。お風呂から出たら、荷造りをしなきゃ。そう思いながら彼を挑発するように体を見せつけて、ひとしきりはしゃぐと、バスルームに入った。スパソルトを入れて、念入りにじっくり、髪と体を洗う。今日お風呂にも入らなくてシャワーも浴びずに明日帰ったら、ハナの潮の香りを日本に持って帰れるね。さっきの彼の提案を思い出して、却下してしまった事を少しだけ後悔したけれど、髪がべたついて仕方なかった。すっきりして、ガウンを羽織ってタオルを頭に巻き付けてバスルームから出ると、ソファに座っていた彼が振り返った。

「出たよ」

うん、そう答えた彼の声はどこか元気で、私は不思議に思いながら隣に座った。

「帰る覚悟が出来た」

「日本に？」

「そう。やっぱり俺は、ここには住めない」

「そうなの？」

「ハナに住むとしたら、って考えてみたんだ。きっと、ここに住んだら、都会に住みたくなるだろうって、分かった」

「……そっか」

お風呂入ってくるね。そう言う彼を見送りながら、唐突に強烈な悲しみが湧き出した事に気づく。ドライヤーの風を髪に当てながら、涙が止まらなくなった。彼が浴びるシャワーの音を聞きながら、泣いていた。どうしてだろう。この一週間のハナを、ずっと現実的に捉えていると思っていたのに、私はどうしてだろう、この二人で過ごす南国が、永遠に続くような気がしていた。私たちは明日東京に帰る。それは、このホテルを予約した時から、航空券を予約した時からずっと決まっていた事で、この一週間、二十九日には帰るんだって思っていたのに、どこで誤算が生まれたんだろう。どうして、ずっと二人の南国生活が、いやそうじゃなくて、この、二人だけの生活が続くだなんて思っていたんだろう。きっと、私がビーチで彼を見て不安になったのは、無邪気な子供に戻った彼がまたいつもの大人の彼に戻った時、ものすごく寂しいだろうと分かっていたからだったんだ。帰国した私には、仕事とか来年の予定とか、しなくちゃいけない事やるべき事、色々あって、来月の芝居のチケットもとってあって、再来月のライブのチケットもとってあって、あれこれと連絡しなければならない人たちもいて、それをやるのは当然だと思っていたのに、彼と過ごしたこの楽園のような生活は染み込み過ぎた。どこかで私は、そんな日本の生活を全部捨てるつもりになっていたのかもしれない。唐突に、帰国する事が辛くて、悲しくて、腹立たしくすらなった。何が腹立たしいのかと言えば、あっという間に帰国する覚悟が出来た彼の物わかりの良さになのかもしれない。さっきまで私が彼を宥めていたというのに、今は彼が、一人でさっさと大人になってしまったような気がして、無邪気だった彼を信じていたのにと、裏切られたような気もして、理不尽だとは分かっているけれど悔しくて、腹立たしくて、一人だけずるいじゃないという憎しみに近い感情に、臓腑がせり上がってくるような気持ち悪さを感じて顔を歪《ゆが》めた。私はもうどうしようもなくて、それでも泣くのを止めた。

お風呂から出た彼は、アロハシャツと短パンを身につけて、散歩に行かない？　と誘った。うん、と答えてパレオを巻き付けると、私たちは部屋を出た。空を見上げるといつも通り空いっぱいに星が広がっていて、私たちは首を反らして道を歩く。プールの脇のハンモックに二人で寝そべると、右の彼から風呂上がりの湿気と熱気を感じた。風になびく、アロハシャツとパレオ。きっと彼は、東京に帰ったらアロハシャツを着ないだろう。表情、態度、ちょっとした仕草まで、もう東京にいた頃の彼に戻っていた。あっという間に、私がお風呂に入っている間に、彼は無邪気さを失って物わかりの良い社会性のある大人の顔に戻ってしまった。せめてあと数時間、一時間でもあのままの彼でいてくれて、きちんとあの無邪気で可愛くて優しい彼にお別れをするんだって心構えが出来ていたとしたら、こんなにショックは受けなかったに違いない。私はまるで、この間までこんなに小さな赤ん坊だったのに、私がオムツを替えてやったのに、この間まで私のお乳を飲んでたのにと、出て行く子供に恩着せがましく嘆きを漏らす母親のように、不条理な怒りを感じていた。

「ねえ」

「うん？」

「どうして覚悟が出来ちゃったの？」

「さっきも言ったじゃない。ここには住めないって、分かったんだよ」

「私はまだ、覚悟出来てないみたい」

「そう」

「どこかでね、この生活が永遠に続くような気がしてた」

言いながら涙が出て、私は目を閉じた。その時せわしない足音が聞こえて目を開けると、一人の白人男性が勢いよくプールサイドを走り、そのままプールバーの向こうへと消えていった。彼が笑って、体を起こした。

「今の人の感じ、アガサ・クリスティの小説みたいじゃない？」

言いながらくすくす笑う彼の隣で、背筋が凍てつくような怒りが襲って、私は奥歯を噛みしめた。黙り込んだ私に声もかけず、また体を倒した彼を振り向いてぼろぼろと涙を流した。

「……どうしたの？」

「馬鹿みたい」

「なにが？」

「私一人で喜んだり悲しんだりして、馬鹿みたいだね」

吐き捨てると、立ち上がって歩き出した。どこに行こうというのではなくて、とにかく元に戻ってしまった彼を見ていたくなかった。この一週間、ずっと二人で二人芝居をしていて、それが二人の強い絆になってその世界を強く信じていたのに、彼だけが突然芝居を止めて舞台を降り「何演技してるの？」と客席から嘲笑われたような気持ちだった。スカトロプレイをしている時に、出していいよと言われて目の前でウンコを出したら、「何までやってんの？」と引かれたような気持ちだった。だから私はどうしても、彼の急激な変化を、裏切りとしか思えなくて、でもその怒りを彼にぶつける事は当たり前だけど出来なくて、でもその怒りをぶつけられないのも彼のやり口が汚いからだと感じて憤っていた。体の中に渦巻く怒りが足を持ち上げ、怒りが足を踏み出させているようだった。彼は変わってしまった、ついさっきまでは私が憂鬱そうな顔をしているだけで、どうしたの？　大丈夫？　と手を握ってくれる男だったのに、私がお風呂に入っている間に、彼はもう私が憂鬱そうな顔をしていてもそれに気づきもしない男に戻ってしまった。東京にいる時の、いつもの彼と同じだった。東京にいる時の彼は常に、私の感情に動かされない。でもここに来て、二人で遊んでいる内に、二人が強い絆を持つようになって、一人では生きていけないほどに互いを求め合っているような気がしていた。だって現にこの一週間、私が疲れていれば彼は悲しい顔で心配し、私が笑えば彼も笑い、私がやりたいと言えば彼もやろうと同調して、とにかく深く、私たちはシンクロしていた。彼がまたあの人格に、人に依存しまいと頑なに人と近づきすぎるのを拒む、あの醒めた男に戻ってしまう事を、私は分かっていたはずなのに、それなのにたった一週間で私はすっかりあの無邪気で可愛くて、一緒に泳ごうよと子供のように甘える彼の姿を見慣れてしまった。この一週間、あれもしたいこれもしたいとはしゃぐ彼を母親のように宥めたり、あやしたりしながら、結局のところ優しく接してくれる彼に依存して、甘えきっていた。でもだからってこんな形で、あんな風に裏切る事ないのに。私はそうおかしい話だけれど、裏切られた。彼は裏切っていないのに、私はひどく裏切られた。さっきまで甘やかしてくれていた親が突然、子供に対して無関心になったかのような、そんな裏切りを感じてひどく憂鬱で悔しくて憎くて、彼を許せなかった。怒りのあまりさっき食べた魚のソテーを戻してしまいそうだった。

夜露かスプリンクラーか、濡れた芝生がサンダルの隙間から足を濡らす。昨日までは愛おしさすら感じていたヤモリが今足下にいたら踏みつぶすだろうと思いながら、奥歯を噛みしめたまま無言でざくざくと、芝生を踏みつけた。昨日まで、脇を通るたびに口を開けて見上げていた大きなガジュマルの木を、涙を拭いながら通り過ぎ、ホテルの敷地外に出た。耳を澄ませても、彼が追いかけてくる足音は聞こえてこない。聞こえてこない事への怒りを原動力にして歩き続けたら、私はどこまで歩き続けるだろう。道路を歩いている内、戻りたい気持ち謝りたい気持ち今すぐ駆け戻ってこんな事をしてしまった言い逃れをしたい気持ちがふつふつとこみ上げてきて、同時に自分の情けなさを思いつく。ここが日本であったとしたら、私はこんな事はしていないはずだ。この土地で彼が浮気をしたりしないだろうと分かっているから、私は今こうして、彼に背を向けて歩いているのだと。日本にいたら、私が怒って出て行った途端他の女に乗り換えられるんじゃないかと不安で、こんな事は出来ないはずだ。でも彼がもしも、アメリカ人女性に声を掛けられて屋外プレイをしていたとしたら……。私は、自分が外人の男とヤッている姿と、彼が外人の女とヤッている姿を想像した。私は彼に対して怒ってるんじゃない。彼の状況とか、価値観とか、考え方が悲しくて仕方ないんだ。立ち止まって、二、三歩そこでふらふらと足を出したり引っ込めたりして、また立ち止まると、来た道を引き返した。何と言えばいいのだろう。彼に何と言えばいいのだろう。彼は怒るだろうか。それともあの冷たい目で、軽蔑したように私を見つめるだろうか。それとも慰めてくれるだろうか。慰めてくれればいいのにと思いながら、私はもう彼が私を見つけた時どんな顔をするか分かっている。彼と喧嘩をするのは嫌いだけれど、彼と喧嘩する時いつもこの人と一緒になって良かったと思うのは、どんなに意見が食い違ったり、どんなに激しく罵り合ったり、どんなに険悪な空気になろうとも、彼が分かり合うための言葉を一切惜しまないところだった。私たちは理解し合うために、互いに膨大な言葉を費やし続けてきた。私はハワイで初めて、自ら彼との和解を拒絶した。ただただ憎しみが先走って、もう和解などあり得ない、いや、あんな男と和解などしたくないと、あの無邪気な彼に戻って欲しいと現実逃避をして、彼から背を向けた。

さっき私たちが寝ていたハンモックに、彼の姿はなかった。ぐっと拳を強く握り、プールサイドを歩いて行くと、背の高いファイヤーピットが両脇に立ち並ぶ通りに出た。ピットから漂う、油が燃える匂いに顔を上げると、通りの向こうに彼を見つけた。気配に気づいたのか、振り返った彼は思った通り、怒っているようなむっとしているようなそれでも冷静でいようとしているような、複雑な顔で私を見つけた。炎の向こうに立っている彼の顔に炎が照って、赤く見える。唇を固く結んで、軽く俯いたまま彼の近くに歩いていった。帰ろうと言う彼に頷いてコテージに帰った後、恥ずかしいけれどきっと私は今晩、彼に正直な気持ちを、アガサ・クリスティの話をされて馬鹿にされたような気持ちになったという事、一人で猿芝居をしていたような気持ちになったという事、一人取り残されたような気持ちになったという事を洗いざらい話し、彼はそんな風に思うのは自分本位だと結論づけるだろう。そしてそれから、きっと私たちは荷造りをしないまま眠りにつき、明日のチェックアウトの時間を少しオーバーしてしまう。

帰りの飛行機の中、彼が空港で買った「ハワイ語のすべて」という本を読んだ。よく使われる単語、の目次をひいて、「マハロ」が「ありがとう」という意味だと知った。それからそれから……と探して、「アロハ」を探し当てる。

「ねえ見て」

隣で小難しい本を読んでいた彼に指さして本を差し出した。

「アロハ、ようこそ、いらっしゃい……」

「私たちがアロハって言われて、アロハって返してたのって、本当はすごく間違ってたのかな?」

「……間違ってたんだろうね」

顔を見合わせて笑った。それから、彼の腕に腕を絡めて、一緒に映画を観ながら、私たちは日本へ帰って行った。

フリウリ

全身に力を入れ、じっと手足を静止させていると、額に汗が滲むのが分かった。搭乗した時からずっと、蒸気に包まれているかのように暑かった。お腹から胸にかけては、一面じっとりと湿っている。顔が赤く火照っているのが分かる。頭にも汗が滲んでいる。密着している熱の塊が、不意に一瞬離れる。途端に不安げでありながら力強い泣き声が上がった。慌てて下を覗き込み、湿った熱の塊を胸に押しつける。

「大丈夫？」

隣に座る彼が心配そうにこちらを見た。うん、短く言って、私はまた胸元を覗き込んだ。こくっこくっこくっ、下顎が一定のリズムで動いている。そのリズムと共に揺れる乳房を見つめながら、どうしようと思う。

乗り込んだ瞬間から、その逃げ場のなさに戸惑っていた。飛行機がこんなにも、暴力的なまでに逃げ場のない乗り物だとは今の今まで知らなかったし、飛行機の逃げ場のなさについて考えた事などなかった。ふわああ、また泣き声が聞こえ、再び胸をくわえさせる。耳抜きが出来なかったらどうしよう。ずっと泣き続けられたらどうしよう。ずっと眠ってくれなかったら。

授乳ケープの中で、頭にじっとりと汗をかきながら必死に乳首に吸い付いている赤ん坊は、そんな私の不安を知るよしもなく、今自分がものすごい勢いで急上昇している事も知らず、これから私たちがどこに行くのかも知らず、ただ腹が減ったという一心で私に吸い付いているだけの存在だった。大きな音が不快なのか、いつもより集中力がなく、時折乳首を口から離しては迷惑顔で不安げに泣く。周りには聞こえないくらいの小さな声で、授乳ケープの中に向かって大丈夫、大丈夫だよ、と呟き続ける自分の言葉に狂気が交じっているのに気がついて、意識的に口を固く閉じた。

次第に乳房を揺らす下顎の動きが遅くなっていく。その動きが完全に止まるまでの時間、私はゆうに数時間を過ごしたかのような気持ちになったけれど、飛行機はまだ上昇を続けているようだった。眠っている間は何もしなくても耳抜き出来る、インターネットで調べ上げた情報をほぼ完全にインプットしていた私は、授乳ケープと湯たんぽのような赤ん坊のせいで汗だくの胸をしまい、そこに赤ん坊の頭をこてんと載せた。ちくちくするニットのケープは暑く、肌も痒かったけれど、光があたったら起きてしまうかもしれないと思って外せなかった。

ベルトサインが消え、機内に電気が点くと、スチュワーデスがやって来てクーファンのようなバシネットを取り付けた。構造を観察して、その簡素な形状に不安を覚える。立ち上がると起きてしまうかもしれないし、突然明るくなったら起きてしまうかもしれないし、置かれた途端起きてしまうかもしれないし、それより前に、シートベルトを外す時に起きてしまうかもしれない。いつ起きるか分からないという状況自体が強烈なストレスで、しかも起きたら絶対に泣くと分かるため、今の状態を少しでも動かしたくない。でもずっとこのままでいるわけにはいかなかった。機内食も配られるだろうし、このままでいたら全身筋肉痛になるだろうし、フライトは十二時間を予定していて、恐らくまだ一時間も経っていない。シャルル・ド・ゴール空港に着いたら、二時間の搭乗待ちの後、ヴェネツィア行きの飛行機に更に二時間乗る予定だ。とにかく今から体力を消耗しているわけにはいかなかった。

隣に座っている褐色の肌の女性は、十ヶ月くらいの女の子を抱っこしてゆっくりと揺らしている。年齢は、私より五つか六つ、あるいはもっと上かもしれないけれど、彼女の落ち着き方と私の余裕のなさが、私たちの年齢差や子供の月齢の違いで生じている差でもないような気がして、余計に焦りが強くなった。隣のお母さんは一人で小さな赤ん坊を連れて飛行機に乗り、あんなに余裕を持ってきちんと寝かしつけられているのに、私は赤ん坊が起きてしまうのが怖くて、一ミリも身体を動かせない。自分を責める気持ちと、どうにかしてよという、彼に対する憤りが同時進行で強くなる。でももしもここで彼に抱っこを替わってもらったりしたら絶対に起きてしまう。やりきれない思いで、起こさないように注意をしながら、痺れ始めた右腕を僅かにずらした。

彼がおらず、一人で乗っていたとしたら、私はもっと毅然とした態度で子供に接せていたのかもしれない。

飲み物はいかがですかと聞くスチュワーデスに、起こしてしまうのが怖くて大きな声を出せず、シャンパン、と小声で彼に言い、伝えてもらう。シャンパンを一気に飲み干すと、空のコップを彼に渡した。それからしばらくして、隣のお母さんがバシネットに赤ん坊を載せた。もうぐっすり眠っているようで、私はそれを恨めしい気持ちで見つめていた。抱っこから解放されて、雑誌を読み始めた彼女が羨ましくてしょうがない。あんなにすんなり寝付くなんて、睡眠薬でも与えているんじゃないかという気持ちと、もし持ってるんだったら私に一つくれないかという気持ちが同時に芽生える。ヨーロッパの人は、飛行機に乗せる時は割と普通に赤ん坊にも睡眠薬を与えると聞いた事がある。

もう腕が痛くて仕方なかった。家からここまで、タクシーの中でも、空港での二時間の待ち時間も移動時間もほぼずっと抱っこをしていた。やっと座席に落ち着けた今も、赤ん坊を支える手はぷるぷると震えている。もう大丈夫だろうと思い、バシネットに載せようと立ち上がりかけた瞬間、足がバシネットに当たってがたんと衝撃が伝わった。赤ん坊は軽く顔をしかめただけだった。どきどきしながら、ゆっくりと赤ん坊を下ろす。ふにゃあと声を上げた赤ん坊に、どきっと胸が痛む。どうしようどうし

ようどうしよう、そう思っていると、赤ん坊は目を開け小さな口を極限まで開き、大声で泣き始めた。汗びっしょりになって授乳をして、ずっとぷるぷるする腕で抱っこを続けていたのも、全部水の泡だ。そう思った私は、一気に疲労が増したのを感じながら絶望的な気持ちになった。丁度機内食の時間になったらしく、スチュワーデスたちがワゴンを動かし始めているのを見て焦る。座席の前にテーブルを出してしまったら、もう席から立つ事は出来ない。泣く子供を抱っこしながら食べるのは不可能だ。でも抱っこをしなければ絶対に泣きやまない。泣いている赤ん坊を放っておいて食事をするわけにはいかない。泣かせっぱなしにしていたら、隣のバシネットで眠り始めたばかりの女の子を起こしてしまうかもしれないし、周りの目も痛い。でもお腹は空《す》いた。私は一瞬の内に色々な事を考えて、すぐに赤ん坊を抱き上げ席を立った。交替で食べよう、という彼の言葉に頷《うなず》くと、通路に出てトイレの辺りをうろうろと歩き回った。ふにゃあ、ふにゃあ、と泣く赤ん坊を揺らす腕はもう限界だった。まだ日本上空を飛んでいるのだろうに、今からこんなだったら、この先どうなってしまうのだろう。私は恐ろしくて、不安を断ち切るようにありったけの力を振り絞って赤ん坊を揺らした。生まれたばかりの時は何て軽いんだろうと驚いた。三キロにも満たなかったその体は、片手でも抱っこ出来たくらいだった。それが生後四ヶ月を過ぎた今、倍以上の七キロになっている。この子の急激な体重増加に、私の筋肉は追いついていない。

彼が食べ終えると、赤ん坊を彼に手渡し機内食を食べ始めた。自宅を出てから約四時間。ほとんどずっと抱っこしていた塊から離れて、私はぐったりとしながら不味い肉を貪った。こまめに授乳をしているせいもあって、喉も渇いていたしお腹も空いていた。赤ん坊が目を瞑って眠り始めると、彼がそーっとやって来て、目で「もういい？」と聞く。もうちょっと熟成させた方がいい、と目で答えると、彼はまたうろうろと歩き始めた。近くの座席の人たちが、その彼の様子を見てジェスチャーで励ましてくれていた。赤ん坊連れで何が不安かと言えばやっぱり他の乗客の目だったけれど、近くに座っているイタリア系の人たちが割合親切そうだった事が救いだった。私が食事を終えた頃、彼が赤ん坊をバシネットに置いた。置いた瞬間ほんの少しにゃあ、にゃあ、と泣いたけれど、すぐに声は小さくなり、赤ん坊は寝付いた。ふうと息をついて、すぐに何かから逃げるようにしてアイマスクと耳栓をすると、リクライニングさせた座席で目を瞑った。零歳児の育児というのは、泣いている赤子を泣きやませる事、あるいは泣かないように気を遣う事だと気づいたのは、この子が生まれて三日もした頃だった。目の焦点すら不安定な新生児の娘を見つめながら、私はその細い手足がふるふると震え、顔中を歪めて頼りない泣き声を漏らすその瞬間を恐れながら育児を始めた。今でもそれは変わっていないように思う。母親が何故育児をするのかと言えば、それは母性というよりも愛情というよりも、赤ん坊が泣く事への恐怖やストレスに裏打ちされた本能的な原動力によってではないだろうか。アイマスクの中、真っ暗な視界の中、緊張と不安でなかなか寝付けず、何度も顔の向きを変えたり足を組み替えたり椅子の上で体育座りをしたり、試行錯誤しながら眠りに落ちた。

シャルル・ド・ゴール空港に着いた頃、私も彼も疲労の限界に達していた。最初に寝付いてから三時間後には目を覚まし、ぎゃあぎゃあと泣き喚くのを彼が抱っこをしてまた寝かしつけ、そのまた三時間後にはまた目を覚まし泣き始め、今度は私が抱っこをして、まだほとんどの人が眠っていたため狭いトイレの中やその周辺であやし続け、一時間ほどそうしていると朝ご飯の時間が始まり、また彼と交替交替にご飯を食べ、最後の二時間は全く寝る様子がなかったためずっと抱っこをしていた。いつ泣くかいつ泣くかとびくびくしながら、周りに迷惑をかけてしまうんじゃないかと怯え、ちょっと替わってよと渡してもすぐに何かしら理由をつけて私に返す彼には苛立ちが募り、私が必死にあやしている横で本を読んでいる彼には殺意を抱いた。私は家を出てからただの一瞬も文字を読む暇などなかったというのに、彼は少なくとも二時間以上は本を読んでいる。私は彼が本を読む姿を見るたびストレスを感じたけれど、彼の方は彼の方で、私が替わってくれと言うたびに苛立ちを募らせ、なんて無責任な母親だという気持ちを強めているようだった。腹立たしくて悔しくて、この二十一世紀に於《お》いても母親が育児の九十パーセントを受け持つ風潮が生き残っている現実への憤りを皮肉に笑ってやり過ごすために、私は出産してから何度も頭の中で繰り広げてきた、バカみたいな押し問答を繰り返していた。

「やっぱり、初めての子連れ旅行がヨーロッパっていうのは、無謀だったかもね」

空港でトランジット待ちの間、赤ん坊をスリングに入れると、大きなバッグを持って歩きながら私たちはため息ばかりついていた。機内持ち込みにした荷物は二人とも一つだけだったけれど、赤ん坊用品で私のバッグはぱんぱんに膨れあがっていた。母乳しか飲んでいないため赤ん坊のうんちはかなりゆるく、最近は量も多く毎回のようにうんちがオムツから漏れてしまうため、着替えやオムツやお尻拭きを多めに持ってきていた。飛行機でうんちを漏らされたら、と思い悩み、ネットで口コミを探したり、実際に何種類ものオムツを試し、通気性が良く、更に背中側に伸縮性に優れたギャザーがついているものを探し求め彷徨ってきた私の孤独は、きっと育児をした事のない人には分からないだろう。研究に研究を重ねた結果、一番ギャザー部分が広く、通気性もまあまあのオムツを穿かせ、更に漏れても被害を最小限に留めるためオムツの上にブルマを穿かせ、赤ん坊を連れてきた。今のところ、赤ん坊はまだうんちをしていない。あのゆるいうんちを機内で漏らされたら。そう考えただけで二キロくらい痩せそうだった。

俺の登山用リュック使えばいいじゃん、そっちがリュックにすればいいじゃん、と言い合って、出発前喧嘩になった。何で女の私がリュックなんて背負わなきゃいけないのよ、このアタッシェケースは椅子にもなるし便利なんだよ、と互いに一歩も譲らず持ってきたイヴ・サン＝ローランのミューズバッグも、もうジッパーが閉じないほどぱんぱんに膨れあがっていて、もう既にそれはイヴ・サン＝ローランのミューズバッグではない。オムツセットをぎゅうぎゅうに詰め込んでいる彼のアタッシェケースも、意味的にはもうアタッシェケースではない。親になるという事は、多くの事を諦めたり妥協したり、そういう事を出来るようになるという事なのかもしれない。そして大人になるという事も、そういう事なのかもしれない。この四ヶ月だけでも、私は色々な事を諦めてきた。産後しばらくは仕事を休み、パーティーや飲み会の誘いも断り、家にいる時は授乳のためすぐに胸の出せる服を着、子供とのお出かけのために本当はそんなに欲しくなかったグッチのマンマバッグも買ったし、あんなに束ねるのは嫌いだったのに子供といる時は髪の毛を一つに結ぶようになったし、子供が危ないものを口に入れるといけないからという理由であらゆる場所を綺麗に保つようになったし、絶対に一生出来ないと思っていたしするつもりもなかった早起きをするようになったたし、そのせいで必然的に早寝にもなったし、とにかくきりがないほど色々なものを変え、色々なものを捨て、色々なものを諦めた。でも、何年経っても自分が登山用リュックを背負えるようになるとは思えなかった。

煙草吸いたい、煙草、煙草、とあらゆる場所で煙草煙草と言っては喫煙所が見つからず、軽く発狂している彼を、バカじゃない死ねば？という目で見つめる。授乳をしているため、私は禁煙しているのだった。喫煙所どこにあるか聞けばいいじゃんと言うものの、フランス語の出来ない彼は結局誰にも聞かず、最終的に「え、ここ出ていいの？　戻って来れるの？」という空港内のよく分からないドアを恐る恐る出て煙草を吸い始めた。その間、簡素なナーサリールームで授乳とオムツ替えを済ませると、戻ってきた彼に赤ん坊を渡してトイレに向かった。深夜三時、売店や免税店、レストランも閉まっている空港は、そこ自体が無法地帯のようで、掃除婦の黒人たちも柄が悪かった。歩いていると、途中でたむろしている黒人たちにピイッと口笛を吹かれ、振り向くと野次られ手を振られた。何でもないように微笑み返しながら、自分がびくびくしている事に気づく。子供が生まれるまでは何でもなかったこういう場面が、今はとても苦手だった。私は今とてつもなく怯えていて、何か他人の悪意や悪事に触れたその瞬間、相手に噛みつくんじゃないかと思うほど、内向的で疑心暗鬼だ。

トイレットペーパーがあるか確認してから入った個室の中で便座に腰かけると、用を足してもなかなか立ち上がる事が出来なかった。やっと重たい腰を上げて個室を出て、二分くらいかけて手を洗いトイレを出ると、遠くから天地をひっくり返そうとしているかのような赤ん坊の泣き声が聞こえた。

チェックインのゲートに行くと、入り口にいた黒人の女性が赤ん坊を見て歓声を上げた。ワオと言いながら一分の躊躇《ちゅうちょ》もなく赤ん坊を彼から取り上げるようにして抱き上げ、フランス語で何やら「かわいいわかわいいわ」という感じの事を言い、赤ん坊の頬にキスをした。彼女が抱き上げた瞬間は、あっと思って大丈夫かな落とされたりしないかな、変な人じゃないかな、と不安になったけれど、その彼女の様子を見ていると、自分の子供が他の人に愛されている姿を見るのはとてつもなく感動的な事なのだと気がついた。そして、他人にこんなに愛される子に対して、私も彼もうんざりしてへとへとになっているのを、申し訳なく思った。

「ギャルソン？」

おばさんが聞くと、ノン、フィーユ、と彼が答えた。えぇっ？　日本語だったらそんな感じでおばさんは驚き、「そうなの女の子だったの、かっこいいから男の子だと思っちゃったわ」という感じの事を赤ん坊に言った。赤ん坊はにこにことおばさんに笑いかけた。まだ人見知りもなく、誰にでもにこにこする時期なのだろうけれど、こうして子供が社会性がありそうな態度をとると、ほっとして、誇らしい気持ちになる。社会性のない自分を棚に上げ、この子には社交性のある明るい子になって欲しいなどと思う自分が信じられない。

チェックインをすると、ロビーで貸し出しているB型のベビーカーを見つけて赤ん坊を乗せた。B型は六ヶ月くらいからって言われてるけど、いいのかな、あれ、何か右に項垂れてるよ、あれ、また項垂れてる、と何度戻しても右側に傾いてしまう赤ん坊を見て、やっぱりB型はまだ乗れないんだろうなと思いながら、それでももう二人とも抱っこをする気力は残っていなかった。赤ん坊も、普段乗らないベビーカーが珍しいのか、何となく喜んでいるように見えた。

何か飲みたい、もうへとへと。そう言いながら開店したばかりのカフェでビールを買っている時だった。赤ん坊が突然大声で泣き始め、抱っこをしても揺らしても撫でてもくすぐっても何をやっても泣きやまなくなった。何をしても逆効果という感じで、慌てた私はお国柄なのか遠慮のないフランス人たちにじっと見つめられながらナーサリールームに向かった。途中、「マダム」と大きな黒人に声を掛けられ、私は一瞬「怒られるのか」と身構えたけれど、彼はちっちゃな靴下を差し出して「落としましたよ」的な事を言って手渡してくれた。子供の靴下が脱げた事にも気づかず、子供が泣いてると怒られるんじゃないかとびくびくしている、テンパった自分が情けなかった。四ヶ月で完璧な母親になるのは無理にしても、四ヶ月経ってもなかなか身につかない自信や体力や精神力が、いつになったら手に入るのか、さっき隣の席に座っていた落ち着いたお母さんを思い出して泣きたくなった。お礼を言うと、私はまたばたばたと歩き始めた。搭乗の時間がくるまで赤ん坊とナーサリールームに引きこもっていようかと思っていたけれど、ナーサリールームで再び母乳を飲み始めた途端、赤ん坊はあっという間に眠りこけた。ああそうかこの子も、飛行機だ移動だ何だと眠たいのに眠れなくて、ものすごいストレスなんだろうなと思う。大人でさえぐったりしてしまうフライトを、生まれてからまだ四ヶ月しか経っていない赤ん坊にさせているんだと思ったら、申し訳ない気持ちになって、更に自信が薄れていくのを感じた。私の肩に頭を載せて眠っている赤ん坊を担いだまま戻ると、温くなったビールを一気に飲み干した。

やっと搭乗が始まると、狭い機内にまた不安になる。赤ん坊が泣いたとしても歩き回るスペースがない事に既にびびっていると、その不安を感じ取ったのか飛行機が動き始める前から赤ん坊は泣き始めた。スチュワードが気を利かせて、空いていた一番後ろの席に移動させてくれたため少しは気が楽になったけれど、必死になって抱っこをしてあやしている私に向かってスチュワードって皆ゲイなのかな、ねえ何かゲイっぽいよねみんな、とお得意のゲイ話を持ちかけてくる彼がむかつくを通り越して悲しかった。彼は何かと言うと「あの人ゲイだよね？」と言うし、そうかなあ、とどうでも良い感じで答えると「絶対にゲイだよ」と軽く怒りながら言うし、三日に一度は「俺は精神的にゲイだから」と言う。その事についてはもうどうでも良くなった。

やっと飛行機が動き始めるとケープを被り、また授乳を始めた。飲ませ過ぎだよなと思うものの、他に耳抜きの術はなかった。赤ん坊はおしゃぶりをしゃぶらないし、哺乳瓶も使えない。六ヶ月までは完全母乳をとWHOは言っているけれど、こうして完全母乳の過酷さを知るとWHOごときが、という気持ちにもなる。一日に何度も何度も重たい赤子を抱えながら乳首を吸われ続ける喜びと苦痛を、男は一生知らずに死んでいくのだなと思うと、ただそれだけで無条件に男を否定したくなる。

最近、機内で授乳していた母親に客室乗務員が注意をして、母乳推進派の団体から激しいバッシングを受けたというニュースを読んだ。航空会社は平謝りという話だったけれど、その母親はケープなどの覆いを全くせず、わっと胸を出して授乳していたのではないだろうか。そうでなければ、客室乗務員が注意をするとはなかなか思えない。そもそもケープの中で授乳をしていれば、ただ赤ん坊を抱っこしているだけなのか、授乳をしているのか、傍からは分からないはずだ。子供を産んで、私もあらゆる事に関して恥を感じなくなったのは事実だった。恥ずかしいなどと言っていたら何も出来なくなる。この子が生まれてすぐ、その事実を感じ取った。恥ずかしいなどと言っていたら、赤子と共に引きこもりになるしかない。だから世の母親たちがどんどん周りを気にしなくなって、女ではないものになっていくのも、仕方のない事のように今は思える。自分はそうなりたくはないと思うけれど、子供が生まれる前の自分と比べると、今の自分がどんどん自意識を捨てどんどん強くなっているのが分かる。もしも子供がもう一人増えたりしたら、私はもっともっと自意識を捨て去り、その分強く図太くなり、その分繊細さや感受性を失うのだろうか。繊細さや感受性なんていうものは自意識の産物だ。そして母親は、感受性が強くては成立しない。感受性の強い母親はまともに育児を出来ないし、育児をしてれば発狂するだろう。子だくさんの母親に鬱病患者はいない、そう思うのは私の偏見だろうか。少なくともあらゆるものを捨て去って、女は母になる。

赤ん坊は授乳の途中でうとうとし始め、突然身を硬くした。まずい。そう思った瞬間、赤ん坊のお尻を支える手の平に手応えを感じた。うんちをしたようだった。慌てて、うんちが背中の方で漏れないよう、オムツのギャザーの辺りを手で押さえる。でも赤ん坊は、うんちを終えると安心したようにまたゆっくりと顎を動かし、とうとう目を瞑り口を開けたまま私の腕の中で眠り始めた。赤ん坊のうんち特有の、ご飯の炊けた時の臭いが鼻に届いた。

「どうしよう。うんちしちゃった」

「いっぱい？」

「分かんない」

「寝てるんだよね？」

「寝てる。……どうしよう」

「いいんじゃない？　放っておけば」

でもかぶれたらどうしよう、漏れてたらどうしよう、そもそもこの子は不快じゃないんだろうか。散々悩んだけれど、今起こしてオムツ替えをしたら赤ん坊は眠くて泣き喚くだろうし、更にもう一度寝かせようとしても、もうお腹はいっぱいだろうから母乳で寝かし付ける事は出来ず、延々歩き回る事になる。私はオムツ替えを諦め、二時間、うんちと赤ん坊を抱っこし続ける決心をした。あまりに腕が痛くて、彼に替わって欲しいと思ったけれど、替わった瞬間泣き喚かれるのは必至だった。赤ん坊が腕の中で眠っていると本を読めないわけで、起こしてしまうのが怖くて彼とまともに話す事も出来ないわけで、とにかく延々赤ん坊か天井を眺め続けるほかなかった。プラスチックの日よけを開けると眩しい日差しが赤ん坊に降りかかるため、外の風景を眺めるのももちろん不可。ねえねえ窓の外すごいよ、と手を伸ばして開けようとする彼を見て、信じられない気持ちになる。赤ん坊の顔に手で日よけをして、窓の外を見つめる彼を睨み付けた。やはり私は、多くのものを得て、多くのものを失った。そして見失った。強く図太く、感受性も鈍くなった自分を否定する気はない。状況的に私は変化しなければならなかった。でも、時折不意に昔の自分を思い出すと、あの頃に戻りたくて涙が出そうになる。

マルコ・ポーロ空港に到着した頃、赤ん坊がずっと眠っていたため精神的疲労は軽減されていたけれど、腕はぎんぎんに張っていた。ああうんちしたんだよなオムツ替えなきゃと思いながら、入国手続きの列に並ぶ。何度も何度も眠らされたり起こされたり抱っこされたり移動させられたり、赤ん坊も迷惑そうで機嫌は悪かったけれど、何故かスチュワーデスや他の乗客たちに「可愛い」的な事を言われたり話しかけられたり笑いかけられるとにこっと笑った。

「他人に優しくされると笑うね。私たちには不機嫌な顔しか見せないのに」

「内弁慶なんじゃない？　あとまあ、俺たちが疲れてて余裕がなくなってるの感じ取ってるのかもね」

入国審査を済ませると、またナーサリールームに向かった。とにもかくにも一刻も早くオムツを替えなければならなかったし、授乳もしたかった。こまめに授乳をするのは、機内はとても乾燥していて、フライトで疲労も溜まるため脱水症状になりやすいとネットに書いてあったからだ。自分が、こうして人の耳抜きや脱水症状、オムツの状況やお腹の減り具合やよだれの拭き取りなんかを気にしたり解決したりするようになるなんて、改めて思うと未だに奇跡に直面しているような気になる。放っておけば一日スナック菓子で飢えをしのぎ、一日に三箱煙草を吸い、眠くなったら寝て、予定がない日は十二時間以上眠って起きてテレビを見ては「疲れた」を連呼していた私が、毎朝赤ん坊に起こされ、飯やトイレや風呂や病気や、つまり一人の人間の全ての責任を負う事になろうとは、妊娠するまでは思いもしなかったし、言ってみれば妊娠中も、こんな自分になれるとは思っていなかった。赤ん坊の泣き声という暴力的なまでの強制力をもってして初めて、私は責任を負う立場に立つ事となった。

彼に荷物を見ててもらい、赤ん坊を抱っこしてナーサリールームに入ると、掃除婦のおばさんがナーサリーはそっちよ、と教えてくれた。うんちはぎりぎりの所で漏れておらず、最悪の状況は回避したけれど赤ん坊のお尻は少し赤くなっていた。綺麗にお尻を拭き取って新しいオムツをつけると、首の辺りから胸の辺りまでよだれでぐしょぐしょに湿ってしまった服を着替えさせた。信じたくなかったけれど、襟の所が黒くなっているのは、やはりどう見てもカビのようだった。よだれが大量な時期ではあるけれど、まさか家を出てから二十時間ほどでカビが発生するとは思わなかった。このカビ菌で病気になったりしたらどうしようと思いながら、首筋をお尻拭きで何度も拭った。うーうーと言いながら、オムツ替えの台に横たわってされるがままになっている赤ん坊を押さえつつ、ビニール袋に脱がせた服を入れる。オムツ替えと着替えとその片付けが終わり、やっと授乳を始めると、突然がやがやと声がしてナーサリールームのドアが開いた。オムツ台の向かいの、ちょっと高めの台に無理矢理腰掛けて片乳を吸わせていた私は、開いたドアから若い男が入りかけたのを見て、レイプか？とぎょっとしたものの、男はものすごい慌て方をしてドアを閉め、その向こうから

「男子トイレはあっちよ！」という掃除婦のおばさんの怒鳴り声が聞こえた。何となくもう、授乳くらい別にどうでもいいという気持ちもなくはなかった。気持ち悪いおやじにじっと見られるのは嫌だけど、若い男にちらちらと見られるくらいだったら厭《いと》わない。という考えに、既におばさん的要素が交じっているのに気づいて自分自身にぞっとする。でも、そもそも授乳というのは赤ん坊の食事なわけで、そうすると私の乳は食物なわけで、食物である私が恥ずかしがるのも妙な話だ、と考えが飛躍していく。赤ん坊は、一面くすんだ銀色の無機質なナーサリーという周囲が気になるのか、時折顔を上げて見渡しては乳首に吸い付く。可愛い奴だと思うし、本当に生まれて来てくれて良かったと生まれて以来実感し続けているけど、今日ほどあんたの存在が恐ろしかった事はなかったよと思いながら赤ん坊の頭を撫でた。ため息をつき、ふっと上げた顔が鏡に映って、狂気すれすれの疲労が浮かんでいる顔に苦笑が零れた。

マルコ・ポーロ空港には、一人の女の子が待っていた。くすんだ金髪の髪の毛がくるくるしていて、頭に鳥の巣を載っけているように見えた。

「私、アリーチェといいます。これから、皆さんをホテルに連れて行きます」

彼女は片言の日本語で言った。赤ん坊を見ると、かわいいねー、と言って笑いかけたけれど、子供に慣れていないのか、どこかよそよそしい感じがした。

「この子のオムツ替えとか授乳をしてて、待たせてしまってすみません」

頭を下げると、アリーチェさんはいえいえと言い身振り手振りも交えて全然大丈夫、という感じの主張をした。何となく動作がへなへなしていて、玩具みたいだった。赤ん坊は彼女を見ても特に笑うでも泣くでもなく、無表情のまま彼女の頭を見つめていた。

アリーチェさんは、鳥の巣の頭に、丸い眼鏡をかけている。体格はがっしりしていて、中肉中背。まるで何かのキャラクターのようだった。アリーチェさんと、彼と私と赤ん坊の四人で駐車場まで歩くと、ワゴン車に乗り込んだ。運転手が、チャイルドシートを指さし、乗せなさい乗せなさいと促した。ピンク色のチャイルドシートに、赤ん坊を乗せる。私たちは車を持っていないため、赤ん坊はチャイルドシート初体験だった。紐を縮め、ベルトをはめると、車は動き出した。揺れが気持ちいいのか、赤ん坊は十分もしない内に眠り始めた。

「何で、眠って欲しい時に眠ってくれなくて、もういいようるさくして、っていう時に寝るんだろう」

赤ん坊を見つめながら呟くと、彼も力なく笑った。車の窓には、一面畑や森が映し出され、遠くの方にはアルプス山脈が延々続いている。赤ん坊のコートは、持ってきた物では薄すぎるかもしれない。こっちで一枚買おう。それからよだれかけも足りないだろうから、何枚か買おう。あとオムツも買わなきゃいけない。この子は髪の毛が薄いから、帽子も買った方が良いかもしれない。それから何よりも、一刻も早く、ベビーカーが必要だ。私は、家からここまで抱っことスリングだけで乗り切った二十時間を思い、何故置いてきてしまったのだろうと、家に置いてきたベビーカーを頭に思い描いた。私はまた、この初めての子連れ旅行を経験し、自分を捨て、自分を諦め、妥協し、誰かに蹂躙《じゅうりん》されるという事の本質を感じ、ノスタルジックでセンチメンタルな生き物にまた一つ近づいた。育児の辛さや苦しみを乗り越えるたび、私は一つずつ母という実体のない概念に囚われていくのを感じていて、それに抗いたい気持ちで一杯になるものの、その流れには結局逆らえないのだった。

「帰りも、またこんな思いするのかな」

「どうだろうね。まあでも、どんなものか分かったし、行きより少しは楽かもよ」

「なんか、自信なくしたよ。フランス行きの機内で隣に座ってたあのお母さんは、すごく余裕がある感じだったよね。まあ、あの子はたぶん十ヶ月くらいだろうから、そのくらいの月齢になればもっと楽なのかもしれないけど」

「ああ、あの人、すごく大変だったみたいだよ」

「そうなの？」

「マユが寝てる時に、あやしながら少し話したんだけど、グアムから日本を経由して、二本目の飛行機だったんだって。一本目の時はずっと起きてて、もうへとへとになってたんだって」

「そうなの？」

「うん。すごいよね。一人で子連れなんて」

何となく、お前も子供の世話くらい一人でしろと言われているような気がして、私はむっとしながら、それでも彼女がそんなに余裕のない状態で乗っていたにも拘らず、あんなに余裕があるように見えていた事の理由を考えていた。彼女は、母になるべくしてなった人、そんな気がした。じゃあ私に一切の余裕がないのは、やっぱり母になる器がなかったからなのだろうか。起きてからも大人しく、にこにことご機嫌で遊び、愛想も行儀も良かった、彼女の子供を思い出した。母親と同じ褐色の肌で、目がくりくりとしていて、顔がとても立体的で、将来はものすごい美人になるだろうと思わせる整った顔立ちだった。自分の子はとんでもなく可愛く見えるし、生まれてこの方どの子と比べても負けないなあと思っていたけれど、あの子を見ると、うちの子は整ってはいるけれどこの子に比べれば地味な顔だな、と思った。あの子が、大人しくて行儀の良い、落ち着いた赤ちゃんであったのは、やはりあの母親の育て方が良いからではないかと思うと、じゃあ私に育てられたこの子はどうなるんだろうと、不安が募った。

余裕のある母親になりたい。ああして一人で子連れで飛行機に乗れて、きちんとテンパらずに寝かしつけられて、子供を大人しくて行儀の良い子に育てられるような母親になりたい。そう思っている自分が、やはり前と全く変わってしまったのを感じる。生まれてこの方自立を拒み続けていた私が、とうとう何かを出来る人間になりたいと思うようになった。何も出来ない女でいたい、いつも誰かに何でもしてもらえる人間でありたい、そう望み続けていたのに、もうそういう女であり続ける事が出来なくなってしまった。そう思った途端、私は自分自身の在り方と、私にとっての彼の存在と、私たちの関係性がまた一からと言っても良いくらい変化しているのを実感した。元々、大人な女性だったら、子供が生まれても夫との関係はそんなに変わらないのだろう。私は、自分自身が変わっていく事、彼に対する人格が全く変わってしまった事を思い、申し訳ない気持ちになった。でもそこに一切の嘘はなくて、あの頃は本当に私はああいう私だったし、変わってしまった今の私も一切の邪気はなく、ただひたすら必死に現実に順応しようとしている過程がこれなんだと、彼に強く伝えたい気持ちになったけれど、話したところでそれが果たしてうまく伝わるだろうかと考えて、無理なような気がして、諦めた。こんな事も、前はなかった。前は泣いて喚いて、言葉を尽くして、分かってもらおうと、分かり合おうと努力した。もう今は、そんな体力もない。

ホテルに到着した私たちは、赤ん坊をベビーベッドに入れるとベッドに横たわった。初めての外国の町並みにも、外人たちにも、赤ん坊は特に大した反応を見せなかったけれど、何か違う環境にきた事は分かるのか、興奮しているようできゃーきゃーと泣いていた。飛行機の地獄から解放された私たちは、もう抱き上げる気力もなくヒラメのようにベッドに突っ伏していたけれど、十分も泣かれ続けると諦めて起き上がった。

「どうしよっか。どっか行こうか」

「じゃあ、ベビーカー買いに行こう」

私の提案に彼も同意して、私たちは支度を始めた。ホテルの人が教えてくれたベビー用品店に行くと、大きな店内に感激しながら、よだれかけと服を数枚、それから過剰に親切な店員からアドバイスや仕様の説明を受け、日本では見た事のない赤青白という配色のベビーカーを買った。赤ん坊をベビーカーに乗せると、ずっと移動が楽になった。そして私たちは、初めて訪れたイタリアの田舎町を回り、ホテルに戻ると夜は夕飯も食べずに、八時過ぎに赤ん坊を寝かしつけると二人揃って倒れるようにして眠った。


寝たね。うん、すごい寝た。カーテンから差し込むやわらかい日差しの中、自然に目が覚めた私は、彼とそう言葉を交わした。子供が生まれてから四ヶ月、朝は必ず子供の泣き声で目覚める生活を続けていた私は、別世界に来たような気持ちになっていた。赤ん坊はフライトで疲れ切っていたのか、まだぐっすり眠っていた。

「お腹空いたー。そっか、昨日夕飯食べなかったもんね」

「そっか。じゃあ俺何か買って来ようかな」

「本当に？　お店もうやってるかな」

やってるんじゃないかなあ、今何時？　と言いながら彼はカーテンを開け窓の外を見やった。七時、いや、八時か。と携帯を開いて言うと、彼があははと声を上げて、ちょっと来てよと私を手招きした。

「あれ、アリーチェさんだよね？」

彼の隣に立って外を見ると、広場の向こうの方に、あの鳥の巣のような頭が見えた。

「あ、ほんとだ。あの頭。アリーチェさんだ。何見てんだろ」

「あそこあれだよ、あの靴屋さんだよ。昨日あそこの前通ったじゃん」

「ああ、あの変な靴屋さんね」

私は、昨日通った時に、ああ靴欲しいなと思いながら見ていた靴屋のディスプレイを思い出した。田舎のおばあちゃんが履くようなださい靴しかなくて、中心地の方にマックスマーラがあったから明日行って靴を探そう、と考えていた。

「アリーチェさん、何が欲しいのかな」

靴屋のショーウィンドウの前でじっと立ち止まっているアリーチェさんを見ながら、私たちは笑った。窓から身を乗り出して煙草を吸う彼に並んで、煙草を一口だけもらった。もしかしたらまたいつか、私たちは私たちに戻れるかもしれない。世界一愛おしく、世界一鬱陶しい赤ん坊がもう少し育ったら、私はまた彼と二人で前のように何でもない二人の時間を持てるようになるのかもしれない。この四ヶ月、私はずっと取り乱していたように思う。子供が生まれてからずっと、私は何かについてまともに考える時間も持てず、ずっと膨大な量のしなければならない事が控えている中で生きていた。いつか子供がもう少し手を離れたら、そう思うと同時に、いつか子供がもう少し手を離れたら、という気持ちが永遠に続くような予感もした。窓から身を乗り出し、イタリアの田舎町を眺める。外で遊んでいるのだろうか、子供たちの歓声が聞こえた。

夏旅

先月、ユウコが出産した。先週、ニナが電話を掛けてきて、五年付き合ってきた妻子持ちの男と別れたと告げた。過渡期にある。そう思った。今、自分も含めた自分の周辺が、変わり始めている。そう感じた。私たちは、サラダスピナーの中に放り込まれた菜っ葉のようにぐるぐると回され、遠心力で壁にへばりつき、運命という力に抗えないまま身動きが取れなくなっているようだ。

ここ数ヶ月、ほとんどの事が思い通りにいかなかった。仕事も、人間関係も、体も、思い通りに運ばなかった。原因と結果の法則が、てんでばらばらに分断されているように感じた。蟻地獄のようだ。私は空を見上げ、地上の深さに何度も絶望した。

がらがらと音をたて、規則的にヒールを鳴らす。大きな建物の前で足の動きを緩め、スロープにベビーカーを押し進める。ユキは既にうえーんと声を上げ、ぐずり始めていた。大丈夫大丈夫、と宥めながらスロープを上りきると、ベビーカーのハンドルにかけていた重量約四キロのバッグを右肩にかけ、ベルトを外し十キロ強のユキを抱き上げ、腰骨をまたがせ左手で抱えた。母は強しと言うけれど、母が強いのにはこういう物理的な理由があるのだと、子供が出来て初めて分かった。やだやだと首を振るユキの背中をとんとんと叩き、大丈夫だよとまた嘘をつく。ドアを押し開け、ユキを下ろす。サンダルの留め具を外すと、スリッパに履き替えた。風邪が流行っている時季に比べて、大分空いている。近所の子か、見覚えのある親子が二組ほど待合室に座っていた。

「水疱瘡《みずぼうそう》の予防接種の予約を入れてます」

そう言って診察券と母子手帳を渡すと、受付のおばさんは中で待っててくださいと、待合室の奥の廊下を指さした。廊下の椅子に腰かけると、ユキはぐずぐずと不満そうな顔を緩め、大きなおもちゃ箱から怪獣のおもちゃを取り出して遊び始めた。

「おにだー」

「鬼じゃないよ。怪獣だよ」

「かいしゅ？」

「か、い、じゅう」

「かいしゅ」

ユキは嬉しそうにかいしゅかいしゅ、と立て続けに言い、二つの怪獣を椅子に立たせては転ばせ、また立たせては転ばせて笑い声をあげた。

「あーっ」

大きな声を上げ、ユキは一際大きな恐竜の玩具を取り出した。その時崩れたおもちゃの山をユキが無視したため、片付けなさいと語気を強めて言う。おもちゃを戻し、みてみてー、と恐竜を突き出す彼女に、うん見てるよと大きく頷いて見せる。ユキは私の反応が不満なのか、こわいねえ、こわいねえ、と顔を顰《しか》めて言い、しつこく恐竜を向けてくる。

「ママは怖くないよ」

言いながら、二つの怪獣をおもちゃ箱に戻した。子供の興味は次から次へと新しい物へ移り変わる。まともに相手をしていると、そのノリについていけず精神的に参ってしまう。ユキが恐竜を手に椅子に座り、隣で大人しく遊び始めたため、携帯を開いて今日のニュースを確認した。海外の紛争の記事と有名な棋士がタイトルを連勝しているという記事を見ると、携帯を閉じ保育園の連絡帳を取り出した。今日の欄を書き込んでいると、ウキちゃんの！　と言ってユキが隣から手を伸ばした。自分の名前もロクに言えないくせに独占欲は強いなんてと思いながらユキの手を避け、睡眠時間、食事の時間、機嫌の善し悪しの項目を書き込む。連絡事項の所に、今日は水疱瘡の予防接種に行きました、という内容を書き込み、バッグに戻した。ユキはもう連絡帳には見向きもせず、今度は絵本を選んでいた。

「こえ！」

これ、と言っているのだろう。差し出された本を手に取り、ユキを膝の上に座らせて読み始めると、最初のページを読み終わらない内に、診察室からユキの名前を呼ぶ声が聞こえた。その途端ユキが腕の中でうわーんと声を上げて泣き、四肢をばたばたさせて暴れ始める。絵本を置き、暴れるユキから顔を庇いつつ抱き上げ、バッグを持って診察室に入ると、先生がどうぞと言って椅子を指した。

「こんにちは」

「今日は水疱瘡ね。そっか、先月おたふくやったんだよね。おたふくやって水疱瘡やればもう完璧だね」

「やっと予防接種地獄から抜け出せます」

「そうだね。ラッシュはもう終わりだね」

穏やかな表情で先生はそう言って、耳式の体温計をユキの耳に突っ込んだ。泣き喚いて暴れるユキの足を両足で挟みこみ、後ろから抱え込むようにして腕を押さえる。顔を真っ赤にして大声をあげるユキの頭からは、激しく熱気が放出されていて、抱いているこっちも汗が滲み始めた。喉を見てもらい、大丈夫ですねと言われると、ユキの半袖のTシャツをまくった。

「あ、前回右だったんで、今回左にしましょう」

あ、そうですか、と言いながら左の袖をまくり直す。看護婦が来て、消毒をされると先生の素早い動作でちゅっと注射が刺された。もう何度も予防接種に連れて来ているのに、いつもその針が予想よりも深く刺される事にどきっとする。針が抜かれると、ユキの阿《あ》鼻叫喚《びきょうかん》も終わった。

「じゃあ、二十分待っててくださいね」

看護婦に言われ、私たちはまた廊下の椅子に落ち着いた。ぐずぐずとしゃくりあげ、打ちひしがれたように私の胸に顔を押しつけていたユキも、一分も経つと立ち直り、また遊び始めた。バッグから文庫本を取り出すと、目の端でユキがいたずらをしないよう見張りながら、ゆっくりと字を目で追った。一歳までは、ユキといると全く読書が出来なかった。思えば、一歳半を過ぎ、簡単な会話が出来るようになってから、育児は格段に楽になった。

「あっ、こんにちは」

顔を上げると、子供を抱っこしたお母さんがいた。

「あ、どうも。よく会いますね」

そう言いながら、隣に置いていたバッグを床に下ろした。保健所での検診の時にちらっと話し、その後この病院で二度ほど顔を合わせた事のあるお母さんだった。確か、子供はユキと月齢が同じだった。いつもピンクやオレンジの可愛い服を着、大人しく、可愛らしい顔をした子供は、活発でうるさく、男の子みたいな風貌のユキとは全く違う生き物に見える。

「検診ですか？」

「いや。今日は水疱瘡の接種で」

「そうなんですか。水疱瘡って、任意ですよね？」

「そうですけど、うちの子保育園行ってるんで。おたふくも先月やったんです」

「あ、保育園行ってるんですか？」

「ええ。共働きなんで」

「いいなあ。うちも出来る事なら週に何度か通わせたいんですけど」

ずっと一緒だと大変ですよね、と言いながら本を閉じた。読書が中断されるのは嫌だったけれど、子供と暮らしていればそんなのは取るに足らない不満となる。

「あの、もしかしてモデルさんですか？」

子供がユキの隣でおもちゃを探し始めると、彼女は私の隣に腰かけて遠慮がちに聞いた。最近よくモデルかと聞かれるのは、別に背が伸びたとか痩せたとかそういう事ではなくて、きっと授乳で胸がワンカップ落ちたのと、髪が腰まであるのと、モデルがオフでよく着ると有名なブランドの服を着ているからだ。髪の薄いユキに男の子の服を着せると、九十パーセント以上の確率で「ぼく」とか「坊や」と呼ばれるのと同じで、それは目の錯覚に過ぎない。

「いや、違いますよ」

そう答え、何の仕事をしているのかそれ以上探られたくなかったため、普通の仕事です、と続けた。

「すごいですね。お母さんなのに、いつも綺麗にしてて、すごいなって思います」

「朝って、NHKで子供向け番組やってるじゃないですか。あれ見せて、パンとか魚肉ソーセージとか持たせて勝手に食べさせて、その間に化粧してるんですよ」

彼女の、地味だけど母親業はきちんとやっているし、教育熱心ですという自負がどことなく感じられるせいか、自分が必要以上に適当さをアピールしているような気がした。

「私、お散歩に行く支度するだけでへとへとになっちゃうんです。毎日決まった時間に子供と自分の身支度して、保育園に送れるなんて信じられない」

「二日酔いの時は、すっぴんにサングラスで送っちゃいますよ。二日酔いでも病気でも、子供は寝かせてくれないし」

暗いテンションに飲み込まれたくなくて、必要以上に軽いノリで言った。

「ほんと、大変ですよね」

ため息交じりの声には、実感がこもっていた。専業主婦の人たちは起きた瞬間から寝かしつける瞬間まで果てしなく続く育児と家事に疲れ切り、保育園に預けている母る。どちらにせよ疲れ切っているのに変わりはないけれど、一日、二十四時間子供から離れられない専業主婦に比べたら、私はずっと恵まれていると感じる。

「やっぱり、ちょっとは離れる時間も必要ですよね」

彼女は、死んだような目をしていた。保育園でも、急いで仕事を切り上げてきたのであろう、ぐったりと疲れ切った母親が、どこか目に諦めの色を浮かべて子供との再会を喜ぶ姿をよく目にする。きっと私も、自覚はないけれどそういう目をしているのだろう。

やーや！　と声を荒らげ、隣で遊ぶ女の子から絵本を取り上げようとするユキの手を取り、こっちを読みなさいとユキの好きなキャラクターの絵本を選んで差し出すと、今度は女の子の方がその絵本を取ろうとし、二人で子供を止め、宥めすかし、何とか別々の絵本を開かせた。

「この子、まだ夜泣きするんですよ」

「そうなんですか？」

「まだ、夜中に一回は必ず起きるんです。もう全然ないですか？」

「そうですね。うちは三ヶ月くらいの頃から、夜泣きはないです。体調の悪い時とか、熱のある時とかはたまに起きますけど」

「すごい。信じられない。そう言えば、別々に寝てるんですよね」

専業主婦は、人の話をよく覚えている。同じ事を延々繰り返していく日々の中では、家族以外の人と話すのはちょっとしたイベントになり得るのだろう。

主婦が劣っているとは思わない。毎日毎日粛々と、仲間も同僚もいない中ただ一人で皿洗いや掃除片付け買い物や食事作りなどの、何度終わらせても永遠に同じ事を繰り返さなければならない単純作業に向き合える女性は労働のエキスパートだと思う。でも私は耐えられなかった。仕事をし、稼ぎ、その金で人を雇う事を選んだ。週六で保育園に通わせ、週に一度、家事代行のおばさんに来てもらっている。保育士も、家事代行も、私にとっては他に比べようがないくらい尊い仕事だ。日常的な家事からは逃れられずとも、掃除機掛けや水回りの掃除、ゴミ捨てから解放されるだけで生き返る思いだった。どんどん汚くなっていく部屋、どんどん溜まっていく洗濯物洗い物ゴミ袋、どんなに溜めてもいつかは自分がこの手で全て片付けなければならないのだと思うと死にたくなった。家事を溜めれば溜めるほど、自分の中に腐った生ゴミが溜まっていくように感じられ、汚い部屋や溜まったゴミや洗い物洗濯物を見るだけで思考回路がぱつんと切断され頭のてっぺんが雑巾絞りのように絞られていくような螺旋《らせん》状の狂気が襲った。水道の蛇口に届きそうなほど積み上げられた皿を放心して見つめながら、何度涙を流しただろう。何度、泣きながらゴム手袋をはめ、洗い物をしただろう。

「添い寝だとお互いに熟睡出来ないって言いますよね。そろそろ別々に寝てみてもいいんじゃないですか」

「うーん。でもこの子、すごく甘えんぼうで、私がいないと駄目なんですよ」

甘えん坊なのはあんたの方だろう。子供がいないと駄目なのはあんたの方だろう。心の中でそう軽蔑しながら、まあ最初はそうですよね、と答えた。それだけ余裕があるんだったら、いつまででも一緒に寝てればいいじゃないかと思った。

彼女の子の名前が呼ばれると、二人は診察室に消えた。丁度看護婦がユキの様子を見に来て、注射の痕を見て大丈夫ですねと言った。お金を払ってサンダルを履くと、私はまたベビーカーを押して歩き始めた。

診察室に消えた二人の姿を思い出し、あの母親の静かな狂気を強い共感と共に思い出す。私も、ユキが生まれてから保育園に入れるまで、ずっと余裕がなくて、寂しくて、孤独で、どうしようもなかった。テレビで虐待のニュースを聞くと、子供にそんな事をするなんてと憤慨し、理解出来ないと訝りながら、えも言われぬ安堵を感じる事があった。ああ同じように子供に苛立ち、やり場のない孤独と狂気を抱えた母親たちがこの世にいるのだと思うだけで、激しく癒された。

今はもう、そこまでの孤独を感じない。仕事に復帰してからは、苛立ちや孤独感に向き合えるほどの余裕もなくなり、どんどん色々な事がどうでもよくなり、脇目もふらず今しなければならない事をし続けていたら、あっという間にユキは二歳間近になっていた。母親業というのは、一種のプレイだ。家事も育児も、M女に求められる母親プレイという演技だ。私は確固とした自分を保ち、その上で母を演じているだけなのだ。鼻で笑いながらそう自分に言い聞かせ、私は幾度となく発狂を免れた。

ユキはベビーカーで一人「さいしょはグー、じゃんけんぽん」を繰り返している。一緒に言ってやるとけらけら笑って喜び、「もっかい、もっかい」と何度もせがんだ。空は快晴。満ち足りた母娘。通り過ぎる人たちが抱くであろうイメージ。

保育園に着くと、二、三保育士と言葉を交わして連絡帳を渡し、ユキにバイバイと言う。ユキはクラスに入った途端飛びついたゾウのおもちゃを片手にババーイ、と視線もくれずに手を振った。大きな子のクラスを通っている途中、何歳児クラスなのか分からないけれど、一際背の高い外人の男の子が寄ってきた。送り迎えの時によく話しかけてくる子だった。小学校二、三年と言われても信じてしまうであろう背丈の彼と話すと、その見た目と語彙《ごい》の少なさのギャップにいつもどう対応して良いのか戸惑ってしまう。

「おはよう」

「ねえまた爪見せて」

いいよと言って左手を出すと、彼は両手でその手を摑み、じっと見つめた。

「爪長いのいけないんだよー」

「大人の女は長くしていいんだよ」

「いけないんだよー」

「ママは長くない？」

「長くない」

「ふうん。でも綺麗でしょ？」

「うん。きれい」

ジェルネイルに固められたネイルストーンに見入っている彼のブロンドの髪をくしゃくしゃと撫でると、またねと手を振った。子供と話していると、自分が下らないセオリーに身を投じてしまった下らない大人に思えてくる。世間を知らない子供に下らない常識、歪められた現代の世論を押しつけているような、そんな罪悪感が残った。誰にだって爪を伸ばす権利はあるのだと、きちんと訂正した方がいいだろうかと迷いが生じたけれど、私は彼を一度振り返った後、思い直して歩き始めた。

保育園から歩いて五分のカフェに行くと、カフェラテを頼んでテラスに座った。パソコンを開き、その上で手帳を開く。昼過ぎに病院の予約を入れていたのを思い出し、舌打ちをした。すっかり忘れていた。煙草に火を点け、今週と来週の予定を見比べる。明日はサロンで脱毛、その後近所のホテルで打合せが入っている。脱毛と打合せの間の空き時間に、サロンの近くのショップで買い物をしよう。確かセールのダイレクトメールが来ていたはずだ。

来週の金曜に仕事の締切が一つあって、そのために来週の平日はほとんど空けてある。そうだと思い出し、携帯を開くと新規メールを作成する。「帽子ゴム付け替え」と「プールオムツ」と打ち込んだ。子供の帽子のゴムがきつくなっていたのを直さなければならないのと、来週から保育園でプールが始まるため水遊び用のオムツが必要だった。しばらく頭を巡らせ、「税理士書類送付」と「請求書プリント送付」と「契約書サイン送付」とも打ち込んだ。それからまたしばらく考え、「旅行用品支度」と打ち、自分のパソコンに送りつけた。思い出した事は、すぐにこうしてメールで入れる癖がついた。気づいた時に動かないと、あっという間に日々の忙しさに紛れてやらなければならない事が溜まっていってしまう。

来月、夫とユキと三人でシンガポールに行く予定だった。ユキを連れての海外旅行もこれで三度目だし、一歳前に比べたらずっと楽だろうし、旅行用品もほとんど買わずに済むだろう。それでもどことなく気が重かった。結婚以来夫とはよく旅行に行っていた。でも二人で行く旅行が息抜きやストレス発散、新しい体験、などの輝かしいものであるのに比べて、子連れ旅行は我慢と忍耐にまみれた、修行に等しいものだ。

ばさばさばさっと風を切る音がして、顔を上げた。前方にある公園の方から大きなカラスが飛んできた。口には何かが咥えられていて、反射的に雀かなと思う。カラスはテラスから数メートル離れた草むらに着地し、咥えていた物を離すと鋭いくちばしでその何かをつつき始めた。何だろうと目を細めてみると、くにゃくにゃと激しく動く紐のような尻尾が見え、それが大きなネズミであると分かった。

テラスの客と、ガラス張りの店内にいる客が数人、私と同じようにその様子を見つめていた。ネズミが跳び上がるようにして逃げまどうのを、カラスはたっぷりと間隔を空け何度も鋭いくちばしで突き刺し、次第にネズミは動かなくなった。その時、きゃっと声がして私は顔の向きを変えた。テラスの前の私道で立ち止まっている女の人がいた。カラスから四メートルほどの所だったため、カラスがネズミを殺している様子に驚いたのだろうと思ったけれど、次の瞬間彼女の見つめているのが別の生き物であると分かる。彼女は自分の足下を見て恐怖に近い表情を浮かべていた。視線の先にいたのは巨大なヒキガエルで、後から来た数人の同僚らしき人たちが一緒になって観察を始めた。一人の男が、道の真ん中にいたら踏みつぶされると思ったのか、公園の方に追いやろうと、ヒキガエルの目の前を靴でとんとんと踏んだけれど、ヒキガエルはなかなか動かなかった。視線を戻すと、カラスはネズミの内臓を食べているようだった。腹にくちばしを突っ込んでは引きずり出すようにして、大きな動作で上を向き飲み込んでいる。そうして何度か内臓を食べると、カラスは満足したのか、ネズミの残骸を残してまた公園の方へ飛んでいった。

再びヒキガエルを見ると、人だかりは増え、五人ほどのいい大人たちがヒキガエルを公園へ戻そうと足踏みをしたり手を叩いたりしていた。ヒキガエルがその大きな体を引きずるようにして何度か低く跳ぶと、悲鳴とも歓声ともつかない声がいくつか上がった。私はその様子を見ながら煙草に火を点け、パソコンに視線を戻した。

一度に、珍しい光景を二つ見た。盛り上がるテンションと同時に、不愉快な気持ちが持ち上がる。不意に三年前の夏に見た、あるものを思い出した。

自宅近くの商店街を歩いている時だった。私は自分の足から数十センチほど離れた所にゴキブリが這々の体でかさかさと動いているのを見つけ、小さな悲鳴を上げ後ずさった。そのゴキブリは、頭の方は普通の茶色だったけれど、羽の下三分の二が青色だった。一瞬にして鳥肌が立って、私は数秒ゴキブリを凝視した後逃げるようにして歩みを進めた。きっと飲食店などで漂白剤か何かを浴びせかけられ、羽が青くなったのだろう。そう思いながら、私は一刻も早くその映像を忘れようと努めたけれど、その映像は三年経った今もこうして時々フラッシュバックする。

青いゴキブリを思い出した次の瞬間、今朝見た夢を思い出した。私は無機質な正方形の部屋に立っているが周囲には何本も木が生えていて、そこには鮮やかなオレンジ色のセミが何匹も止まっていた。折り紙を斜めに二つ折りにしたようなぺらぺらした形態で、死んだセミが床にいくつも仰向けになって落ちていた。完全に死んでいるのかどうか分からず、自分が歩き始めた瞬間に床のセミたちが飛び立ったり暴れたりするのではないかと思うと恐ろしく、私はなかなか足を踏み出せなかった。そして私はそこに立ちつくしたまま、誰かの名前を呼んでいた。助けを求めて名前を呼び続けていた。私が助けを求められる人など、この世には夫しかいない。でもその時呼んでいたのは、夫ではない誰かの名前だったように思う。

怖々と遠慮がちに鳥肌が立っていった。今私のいるこの世界は、何故こんなにも禍々《まがまが》しいのだろう。段々、少しずつ、自分が今ここにいるという事実が耐え難くなっていく。大きく息を吸って、止めた。無理矢理に閉じていた蓋がわっと中から押し開けられていくように、まざまざと、色々な記憶が蘇っていく。堪らず目を瞑った。目を瞑ると記憶はより鮮やかな色を帯び、堪らず目を開けた。その瞬間涙が溢れた。

ホームで立ち止まると、まだ切符を手に持ったままなのに気づいて、バッグの内ポケットに突っ込んだ。蜘蛛の巣のようにぬめっとまとわりつく熱風に顔を顰《しか》め、汗で首筋に張り付く髪の毛をすくい上げ後ろで束ねた。電車が参りますというアナウンスの後しばらくすると、久里浜行きと書かれた電車が目の前に走り込んだ。ぷしゅうと音をたてて開いた、一番近いドアから乗り込むと、ゆっくり座席に腰かけた。

一人で遠出をした事のない女性が東京から日帰りで行ける、自然のある所といったらどこですか。ほとんど一年ぶりのメールがそんな不躾《ぶしつけ》なものであった事には特に感想を書かず、芳谷さんは適度な温かみを持って、鎌倉か、伊豆《いず》はどうですかと提案した。あと、意外に高尾山もいいですよとも書いてあった。

「ケーブルカーも通っているので、マユさんのような細い方にも向いてると思います。鎌倉は、ベタですがやっぱり大仏は癒されます。僕はちょっと前まで、山奥まで大仏を見に行くのがかなりアツいブームでした。最近はもっぱらロッククライミングです」

私は、記憶の中の芳谷さんの姿を思い出し、やはり不思議な気分になった。芳谷さんは、背こそ高いけれど、色白で女の子のような顔立ちの美青年で、とてもアウトドアが趣味とは思えない風貌だった。山登りが趣味で、と聞いた時呆気にとられたけれど、そういう反応にも慣れているようで、皆見えないって言うんですよねと彼は続けた。

「メールありがとうございました。良いですね。鎌倉も伊豆も高尾山も、一度行った事がありますが、鎌倉は乗り換えの時に駅前だけ、伊豆は仕事でちらっと海岸に行っただけ、高尾山は小さい頃だったので記憶に残っていません。初めての場所よりも、少し行きやすいかもしれませんね。暇を見つけて、行ってみようと思います。お返事ありがとうございました」

そう返信をした私に、芳谷さんはその日の内にまたメールを返してくれた。

「日帰りという条件がなければ、もっと色々、コアな場所も提案出来るんですが……。この時季は辛いですが、もう少し涼しくなってきたらキャンプもいいですよ。でもきっと忙しいですね。暇が出来たら、一緒に大仏でも見に行きませんか？　山奥ではなく、美術館や個展で」

彼のメールを見て、そうか彼は私に子供がいる事を知らないんだと気づいた。小さい子を持つ女にキャンプを勧めるわけがない。私は何となくやる気を削《そ》がれ、しばらく鎌倉にも伊豆にも高尾山にも行かないだろうと思った。それから、何となく返信しなきゃしなきゃと思いながら、二週間以上返信をしないままだった。今だったらしれっとメールが書けそうな気がしたけれど、パソコンは東京駅のコインロッカーに入れてきてしまった。パソコン、マウス、手帳、バッグの底に散乱するペンを十本ほどと、領収書や葉書や封書を全て。置いて行ける物は全て放り込んできた。バッグの中に残るのは、携帯と財布と煙草、ＵＳＢメモリーとサングラスと化粧品だけだった。四キロ強だったバッグは、今はきっと二キロ以下になっているだろう。

ごとんごとんと揺れる電車に身を委ねながら、夫にメールをしようかと考えた。これから鎌倉に行くんだ、今朝突然、ちょっと遠出したい気分になって。頭の中で文面を思い描くけれど、送る気にはならなかった。私は夫に助けを求めたいのではない。夫に鎌倉に行くと言うために、鎌倉に行くのではない。ここ数ヶ月、私と夫はうまくいっている。子供が生まれて以来冷え切っていた関係は、距離を取って生活する事を選んだ今、出会った頃を彷彿とさせるほど温まり、常に愛情豊かで満たされている感覚がある。つまり、私のこの憤り、孤独感、助けを求めたい気持ちは、夫に向けるべきものではないのだ。

優先席で母親に抱っこされている赤ん坊が泣き始めた。母親は立ち上がり、赤ん坊をあやした。赤ん坊はふやふやと泣き続け、時折ふぎゃあと大きな声をあげた。その声を心地好《よ》く聞きながら、数日前保育園からの帰り道、ユキが大泣きしていたのを思い出した。ベビーカーに座ったまま保育園のバッグを持ちたがったため渡したものの、大きすぎるバッグはベビーカーの前輪に挟まり、仕方なく取り上げたらマンションに帰るまでずっと身をよじって泣き続けていた。弱々しく不安そうな赤ん坊の泣き声と違い、ユキの泣き声は力と怒りに満ちたものだった。自分の思い通りにいかないのが耐え難く、バッグを持ちたいという元々の望みとは違った意味の、何故世界は私の思い通りにいかないのだという強い憤りのニュアンスを感じた。私はベビーカーを押し泣き叫ぶユキを見下ろし、歩きながら煙草に火を点け、世界の不条理に絶望しているという点では私もこの子も同じだと気づき、彼女を慰める術がない事を悟った。泣き喚く子供に見向きもせず、煙草を片手に黙って歩き続ける母親を、通り過ぎる人々は迷惑そうな顔で、あるいは批難するような顔で見ていた。でも世界に向けられた彼女の憤りをどうにかする事など、私には出来ないのだ。この子にポッキーを与えて泣きやませた所で、彼女は無力感をはぐらかして無様に自分を慰めるだけだ。そんな事に果たして意味があるだろうか。火照りきった顔を上気させ、ひっくひっくとしゃくり上げる姿を不憫に思った私は、帰宅した後彼女を抱きしめてあげようとしたけれど、彼女は玄関に落ちていたメジャーの紐をひっぱり出すのに夢中で、抱きしめようとする私をぐっと手で押し返し、安易な慰めを拒否した。人は結局、世界の不条理や自身の無力感に耐えうる力を持っているのだ。

鎌倉で電車を降りた途端、また熱気に包まれた。改札を出て、駅前にあるソフトクリーム屋でミルクティー味のソフトクリームを買った。前に鎌倉に立ち寄った時も、ここでこのソフトクリームを食べた。夫と二人で、あっという間に食べきったのを覚えている。一人で食べきれるだろうか。不安に思っていた私は、やはりコーンにたどり着く前にクリームの味に飽き飽きしてしまった事に落胆した。こんなに美味しいのにと思いながら、コーンを何口か齧《かじ》ると、ゴミ箱に捨てた。あの時は何故あんなにぱくぱくと食べられたのだろうと考えて、そうだ妊娠中だったのだと思い出した。私はあの時妊娠七ヶ月で、四六時中お腹を空かせていたのだ。あれが、子供のいない私の最後の旅行になった。

鎌倉駅前の人気はまばらで、時間帯のせいかもしれないけれど、前に来た時よりも閑散として見える。大仏を見に行こうと思っていたけれど、思い直した。私は江ノ電の切符を買い、ホームに向かった。

江ノ電の乗客は、家族連れや若いカップルがほとんどだった。一人で何をやっているんだろう。ふと自分のやっている事を立ち止まって考えた。そして、自分が特に理由も目的もなく日帰り旅行に出たのだという事を再確認した。

しばらく走ると、車窓から海が見えてきた。夫は、そろそろ会社に出勤した頃だろうか。私が今、海の見える場所にいるなどとは、想像もしないだろう。ビーチに着いたら、電話をして波の音を聞かせてあげようか。考えながら、きっと電話をしたら彼は何をしに行ったのと聞くだろうと思った。その時は何と答えよう。逡巡して、きっと私は、何となく、としか言えないだろうと思った。そしてその言葉を聞いた彼は、いいなあマユは時間があって、と言うだろう。

別に私に時間があるわけじゃない。来週締切の仕事だってまだ一割も終わっていないのだ。それにあなただって、どんなに忙しくたって本気になれば日帰りで海にくらい行けるはずだ。あなたが出て行き、週の半分を別々に過ごすようになってから、私は一人で家事も育児も引き受けてきたのだ。あなたも子供と二人で暮らしてみてから私を暇人扱いするべきだ。言われてもいない言葉に、反発心を募らせた。

ふうと息をつくと、振り返って窓の外を見つめた。寝室の本棚に置いてあるアルバムに入った自分の写真を思い出す。江ノ電から海を見つめる私が写った写真があったはずだ。彼が撮った写真だった。妊娠七ヶ月の、ぽっこりと膨らんだお腹を抱えて、私は激しく満たされていた。妊娠中は、これまで生きてきた中で、一番幸せな時期だったように思う。ユウコは、全く逆だと言っていた。妊娠中は悪阻《つわり》がひどく、体中が重く、足はむくみ、こむら返りばかりしていて地獄のようだったと。そして出産して赤ん坊と対面してからは、ずっと幸せな気持ちで過ごせていると。産後一ヶ月が過ぎた頃ユウコの家に遊びに行った時も、ユウコは幸せそうだった。抱っこでしか寝ず、夜泣きの回数も多いと言い、やつれた表情は見えたものの、この子のためなら全く苦ではないと、腕の中を覗き込みそう漏らした。私は邪心を持ち疑ってかかったけれど、その言葉に嘘はないように見えた。産後一、二ヶ月と言えば、私はぼろぼろに疲れ果て、一メートルでいいから家から離れたいという思いを抱え、もう私に幸福な日々など二度と訪れないのだと絶望的な気持ちで過ごしていた。同じような生き物だと思っていたユウコが、ずっと遠い国の人に思えた。

江ノ島駅で電車を降りると、ビーチに向かって歩き始めた。タンクトップから覗く肌が気になった。日焼け止めは塗っているけれど、これだけ陽に当たれば焼けてしまうだろう。水着を買おうと思い立ち、目についた店に足を踏み入れると、バカみたいに大量の水着が陳列する店内を見渡した。

「無地の黒のビキニってありますか？」

真っ黒に日焼けした三十過ぎくらいの店員は、ありますよと歯を出して笑い、四着のビキニを持ってきた。私は一番面積の少ない三角ビキニを選び、試着室に入った。頼りないカーテンレールを不安に思いながらタンクトップを脱ぎ、ブラトップを外すと素早くビキニを着けた。鏡を数秒見つめた後、上がビキニで下は短パンという姿でカーテンを開けた。

「どうですか？」

「ぴったりです。このまま着て行きたいんですけど」

いいですよと言って、店員はカウンターからハサミを持ってきた。クーラーで冷えた彼の手がふっと背中に触れ、ぱちんとタグが切られた。

「下と、これを一緒に袋に入れてもらえます？」

と言ってタンクトップとブラトップを出した。はいはい、と言って男は受け取ると値札を読み取った。お金を払いながら、店の前の通りを歩いていく人々を見つめる。

「今週入ってから、どっと増えましたよ。ビーチに来る人」

「今日も混んでますか？」

「うーん。まあ平日のこの時間帯だから、まだそんなに混んでないかもしれないけど、でも普通に混んでますよ」

ふうんと言いながら、男の安っぽい指輪を見つめた。ブラトップが畳まれていくのを見ながら、きっと汗で濡れているだろうと思った。自分がすっかり、女らしさを無くしてしまったような気がして、顔を俯けた。お腹に手を当て、そこがきちんとすっきり引っ込んでいる事を確認する。今では見た目もサイズも妊娠前と変わらない。ただ、ぴしっと硬かった皮膚はしなったように柔らかいまま、元に戻る気配はない。

「お客さん、髪長いっすね」

感心したように言う店員に、こう暑いと切りたくなりますよ、と答えて笑った。髪が長いせいで、夏は背中じゅうが暑い。背中に毛皮を纏っているようだ。たまに夜会巻きのようにすっきりしたアップにする事もあるけれど、夫がアップヘアを嫌うためほとんどしない。夫は、どんな女も、ショートカットやアップヘアにすると猿や宇宙人にしか見えないと言う。ひどく観念に縛られた人だなと呆れたけれど、そう見えるものは仕方ない。髪を伸ばし始めたのも、彼がロングがいいと言ったからだ。腰まで伸びた今も、彼はもっと長くていいとすら言う。

店を出ると、さっきよりも日差しがどっと肌に降りかかり、途端に夏が身近に感じられる。久々の水着に僅かな羞恥心が疼いたけれど、上が水着で下は短パンという格好の女の人は多かった。途中、コンビニに寄ってウイダーインゼリーとビニールシートとビーチサンダルを買った。ゼリーを飲みながらビーチに向かう。お腹が満たされた頃、私は一人ビーチにたどり着いた。ピーク時に比べれば混み方は六割程度だろうか。砂浜に降りると、早速砂が入り込んだヒールの高いサンダルを脱ぎ、ビーチサンダルに履き替えた。一瞬にして十センチ背が低くなった私は、裸で戦場に乗り込んだような気分になった。ざざんという音をたてる波は、穏やかだった。サーフィンをしている人も多く、砂浜に寝ているのは若者が多かった。波の届く所からだいぶ離れたところにシートを敷くと、バッグを置いて座り込んだ。バッファロー革の大きなバッグが、場違いに見える。タオルも買えば良かったと思いながら、肌にまとわりつく細かい砂を何度か払った。

強い日差しの下、若者たちの歓声を聞きながら、バッグを枕にして寝転んだ。遠くから、微かにレゲエが聞こえてくる。今私は海に来ているのだという実感が薄かった。自分が自分のコックピットに座り操作をし、自分をここまで動かして来たような、そういう感覚だった。意識が遠くなっていくのが、眠気のせいなのか熱気のせいなのか、それともっと違う意味なのか、よく分からない。目を瞑ると、現実感は薄いけれど、まあ来て良かったなという安堵のような思いが持ち上がった。

「ねえ一人？」

「……うん？」

目を開けた瞬間、自分がうとうとしていたのだと気がついた。この暑い中で、よく眠れるなと自分に驚く。よっぽど疲れたのだろうか。

「あ、寝てた？」

眉を上げ、覗き込む男を見た。よく日焼けした男の子だった。黒髪が日焼けのせいかぱさぱさしている。

「ああ、うん。何？」

「何って、ちょっと話さない？　ってあれだよ」

「別にいいけど」

「一人なの？　地元の人、じゃないよね？　焼けてないし」

「東京から」

「いくつ？」

「二十五」

「まじで？　同じくらいかと思った。俺二十歳」

二十歳の男は、こんなにも若く見えるものだっただろうか。ずっと年上にナンパされていたのが、すっかりそういう男の子の歳を追い越してしまっているのを思って不思議な気分になる。隣に座り煙草を吸い始めた彼は、格好悪くはなかったけれど、遊び慣れた感じがやけに下品に見えた。

「仕事は？　何してる人？」

「言わない」

「えー。何でよー。俺はね、神奈川の大学生」

「ふうん。何勉強してるの？」

若い頃はそんな事どうでもよかったけれど、今は、こういうナンパをしてくる子が普段どんな事をしているのかが気になった。

「法学部。サボりまくって留年してっけどね」

「へえ。弁護士とかになるの？」

「わかんない。卒業できるかわかんねえし。なりたいけどね」

ふうんと言って、自分も煙草に火を点けた。寝そべったまま隣に座る男を見上げていると、この男とヤッた後にベッドで無駄話をしているような気分になって、私は半身を起こした。

「二十五って、もう落ち着いてんのな。何かすげえ見下されてる感じする」

「見下してるつもりはないけど、私があんたと同じテンションで盛り上がってたら変でしょ」

「そっか？」

「ああいう、きゃっきゃした女の子ナンパしなよ。私は夕方に帰んなきゃいけないし、君とは遊ばないし、メールアドレスも教えないよ」

彼は、ぐだぐだと文句を言いメールアドレス教えてと食い下がったけれど、やる気のない態度で眠そうにかわしていると、分かったよじゃあねと言って去って行った。その後もう一度、二人組の男にナンパをされたけれど、ほとんど無視する形で追い払った。

昔に比べて、少し変わったんだなと感じた。昔は、ナンパしてくる男といえば色々な男がいた。周りを見ていても、今ナンパをしているのは完全に遊び人のような男に見える。草食系と言われる男が増殖しているせいだろうか。昔は、草食系と肉食系の中間くらいの男も、おぼつかない感じでナンパしてきたものだった。ただ単に、私が歳をとったからそういう男が寄りつかなくなっただけかもしれなかったけれど、何となく、若い男の事情は変化しているように感じられた。

それにしても。辺りを見渡して思う。ここにいる男たちは、夫とは全く別の生き物に見える。夫と話している時の様子を思い出すと、彼が特異な男に思えてくる。それが、六年という付き合いの長さからくる感覚なのか、それとも夫自身が本当に変わった男なのか、それすらもうよく分からない。夫は異様に私を惹きつけ、惑わせ、悩ませ、怒らせ、悲しませ、喜ばせる。この中に、それほど強く私を揺さぶる男がいるとは思えなかった。夫の声が聞きたいと思った。電話を掛けたいと思った。一言でもいいから彼の言葉を聞きたかった。

夫とは年に二、三度旅行をしてきたけれど、一緒に泳いだのはマウイ島に行った時だけだった。珍しく彼がはしゃぐ様子を、私は母親になったような気持ちで見つめていた。あの時私は今よりも抱えるものが少なくて、仕事も今ほど多くなく、子供も居らず、彼と二人の人生を謳歌していた。摂食障害で今よりも五キロほど痩せていて、骨の飛び出た無骨な体だったけれど、体中に巡る血と同じようにぐるぐると溢れんばかりの生命力が渦巻いていたように思う。

「飲む？」

後ろから声を掛けられて振り返った。差し出されたスーパードライを、いいのと聞きながら受け取った。彼はその言葉に答えず、隣に座った。何故缶を受け取ってしまったのだろうと訝った瞬間、どことなく彼が夫に似ている気がした。顔は似ていない。ただ、白いワイシャツに黒い麻のパンツという海に不釣り合いな格好が、夫を思い出させたのかもしれない。

「一人で何してるの？」

「あなたは？　海水浴に来たようには見えないね」

「君も海水浴に来たようには見えないけど」

「そう？　水着だけど」

「海水浴を楽しみに来たようには見えないって言った方がいいのかな」

ふうん、と言いながら、私はじっと警戒した。これまでナンパしてきた男たちのような、無害な感じがしなかった。彼は長めの前髪を親指と人差し指の先で避ける仕草が癖のようで、何度も長い指でそうしていた。

「一時間前にそこを通ったんだ。その時君が振り返った」

彼はそう言って道路の方を指さした。

「それで、さっき帰りにまた通った時、まだ君がいるのを見て声を掛けようと思って」

ああ、と声が出た。

「モデルだ」

一時間ほど前、外人を含めた、六人ほどの男性モデルの集団が、撮影隊と一緒に通ったのを思い出した。その集団は人目を引いていたけれど、彼一人を見ると取り立ててかっこいいわけではなく、背は高く雰囲気はあるけれどはっとするような華やかさはなかった。スーツを着ていたら、くたびれたサラリーマンにも見えるかもしれない。

「他の人は？　帰ったの？」

「うん。遊んでくって言って、先に帰ってもらった」

「平気なの？」

「うん。別に、ただのバイトだから。今日はもう仕事ないし」

夫が、大学生の頃留学先でモデルのバイトをやっていたという話を思い出した。撮影の時どうしても着たくない服があり、宗教上の理由でオレンジ色の服は着れないと嘘を押し通し、結局着ないで済んだという話をしていた。それは確か、私が本当は引き受けたくない仕事を引き受けようとしていた時に、彼が話してくれたのだった。夫がオレンジ色の服を手に途方に暮れている姿を思い浮かべ、口元が緩んだ。

「何か食べに行かない？」

「ここに来る前に、ウイダーインゼリー食べたの」

「そっか。俺すごく腹減ってるんだ」

そうなんだと呟くと、彼は立ち上がった。

「食べるもの買ってくる」

そう言って踵を返し歩いていく彼の背中を見ながら、夫と知り合った頃の事を思い出していた。知り合った頃の彼には、ああいう所があった。自己完結しているような、それでいてひどく人の視線を気にしているような、そういう人の居心地を悪くさせるところがあった。そして私はそういう彼を傷つけないように慎重に知り合っていった。ああいう男を傷つけるのが、私はとても怖いのだ。さっきナンパしてきた男を無視した時のように対応出来なかったのは、彼にそういう夫と同じような、面倒くさい繊細さを感じたからだったのかもしれない。私は手の中にある缶に気づき、ぬるくなり始めたスーパードライをごくごくと飲んだ。

戻ってきた彼は片手に焼きそば、片手にかき氷を持っていた。

「食べる？」

「じゃあちょっと」

私はかき氷を受け取って、数口食べた。真っ青なブルーハワイのシロップを受けた氷を口に含みながら、そうだブルーハワイのかき氷を食べると舌が青くなるんだったと思い出した。べっと舌を出すと、視界の下の方にその先端が入り込んだけれど、色まではよく見えなかった。

「もう食べないの？」

焼きそばを食べながら彼が聞く。うんと言い、手に持っていたプラスチックのスプーンをざくっと氷に刺すと、容器を手元に置いた。

「溶けないように見張ってて」

笑顔で言う彼を見て、初めて彼が笑ったのに気づいた。はい、と答えると私も笑った。何度かにわけて、箸でゴミ箱に捨てるような勢いで焼きそばを食べきると、彼はかき氷に手をつけた。

「東京の人でしょ？」

「そうだよ」

「車で帰れば良かったのに」

「別にいいんだよ。一人の方が気楽だし。モデルの男って皆性格悪くて、一緒にいると疲れるんだ」

「ふうん。あなたも別に性格が良くは見えないけど」

「たまに、やるんだよ。撮影現場で一人で帰るからって言って、そのまましばらく観光したりして、電車でゆっくり帰る、って」

彼は私の言葉には反応せず、そう言った。むずむずとした感情が湧き上がり、しばらくしてそれが羨みだと気づいた。私はこの、自由気ままな彼のキャラクターや生活が羨ましいのだ。何をしているんだろう。我に返ったように、自分の行動が分からなくなる。私は子供を保育園に預け、江の島に来て、水着姿で何故、見知らぬ男と話しているんだろう。一瞬考えた後、少なくとも見知らぬ男と話す事に、もう少し若かった頃は違和感など持たなかったと、自分の変化を思った。

「ねえ。何しに来たの？　海に」

彼はまるで、その問いの答えに大きな意味があると思っているかのように聞いた。うーんと出来るだけ軽く言い、何も答えが思いつかなかったため逃避だよと投げやりに続けた。

「海じゃ逃避出来ないでしょ」

私はただ笑って、黙ったまま彼を見た。笑いが凍り付き、そのまま顔に張り付いた。にっこりと笑ったまま、海に向き直った。暑すぎて、一刻も早く短パンを脱ぎたいと思ったけれど、私はにっこりと海を見続けた。食い殺されたネズミ、愚鈍なヒキガエル、青いゴキブリにオレンジ色のセミ。不意に今朝の記憶が蘇り、ぐっと吐き気とも涙ともつかない何かがこみ上げた。握り飯が喉に詰まったようだった。

「バツやる？」

ふっと目の前で風がそよいだように、彼の声が涼やかに入り込んだ。罰、という文字が頭に浮かぶ。

「バツ？」

「うん」

「ＭＤＭＡのこと？」

「うん」

目の前にいる黒髪の男に対する憤りとも期待ともつかない感情が湧き上がる。

「やらないよ」

今からやったとしたら、効き始めるまでに三十分、その後少なくとも四時間から五時間は効き続けるだろう。今が二時半くらいだから切れるのは七時前後。それから電車で帰ったとしたら、東京駅に着くのが八時過ぎで、東京駅からタクシーで保育園に行ったとしてもお迎えは八時半を越えるだろう。契約時間は七時までだ。延長、という言葉が思い浮かび、いや何を考えているんだと眉間に皺を寄せた。

「やらない」

強調すると、私は口を噤んだ。MDMAは二回くらいしかやった事がない。多幸感はすごかったし、抜けも良く、抜けた後の鬱もそんなになかった。私は今、この世に生きる全ての人とシンクロしている、私は今何ものかと繋がっているのだという、胎児のような安心感と全能感に恍惚としていた、体の弛緩を思い出す。

「よくやるの?」

現実感覚があやふやになっていきそうなのを、はっきりとした口調でそう聞く事で抑えた。

「そんなに。モデル仲間のさ、外人たちがよく持ってるから、たまに買うんだ」

「今、持ってるんだ」

「持ってるよ。やる？」

「こんなとこで、嫌だよ」

「ホテル行こうよ」

「行かないし、やらないよ」

私はちらっと男を見て、彼のベルトについた、シザーケースのような形の小さなバッグを見つけた。彼とホテルに行き、あのバッグの中に入っているＭＤＭＡを飲んで、有線の曲に合わせて踊って、多幸と解放を味わいながら快楽を貪り、何度かセックスした後気を失うように眠り、バッグの中で保育園からの電話が鳴り続け、鳴りやみ、次に夫の携帯に連絡がいき、夫がまた私の携帯を鳴らし、しびれを切らした夫が保育園に迎えに行き、今日は何故パパが迎えに来たのかと珍しい状況を不思議に思いながらもお迎えに喜び、苛立つ父親の押すベビーカーに座り、さいしょはグー、じゃんけんぽん、を繰り返す子供。

ぶれていた目の焦点を合わせ、左手を開いて彼に向けた。

「やらないから、帰って」

「分かったよ。バツの事は忘れて。もう持ってないって事にしよう」

「……」

「怒ったの？」

「怒らないよ。何で怒るの？」

体中がざわついているのに、声は小さく、落ち着いていた。

「餌撒《ま》いて手込めにしようとか、そういうつもりじゃなかった」

手込め、と呟いて少し笑った。気を取り直したようにビールを飲み、携帯を光らせると、二時半頃という予想を裏切ってデジタルは三時半を示していた。保育園のお迎えの時間が迫っている時に限って、仕事がはかどり始めた時と同じような時間の進み方だ。時間は激しく、厳しく限られている。これから何をすべきだろう。

「私、これからあっちに行くから」

静かに言うと、弁天橋が結ぶ江の島を指さした。夫と来た時は、ビーチには寄らず真っ直ぐ弁天橋を渡って江の島をぐるっと回り、タクシーで駅まで戻ったのだった。

「一人で行く？」

「うん」

「じゃあ、行ってらっしゃい。しばらくここにいるから、帰る時見かけたら声掛けて」

うんと答えると、立ち上がって煙草と携帯をバッグに詰めた。

「シート、使っていいよ。帰る時に捨ててって」

立ち上がると、ずしっと砂に沈んだビーチサンダルを持ち上げて歩き始めた。ビーチから道路に上り、一度振り返ると彼はただ海を見てビールを飲んでいた。

橋を歩き始めると、少しずつ暑さが緩和しているのに気づく。ぎんぎんに照らし続けていた太陽も、落ち着きを取り戻し始めたようだった。少し前を歩く夫の姿が蘇る。私のバッグを持ち、歩いている夫の後ろ姿。そして、重たいお腹と胸を上下させながら大きく呼吸をして、ぺたんこの靴を引きずるようにして歩いていた自分の姿。動きが遅くなると、時折お腹の中でユキが羊膜を蹴った。羊水が沸騰するんじゃないかと不安を抱えながら、お腹を撫で、早く休みたい一心で歩き続けていた。あの時は、三十分くらいかけて橋を渡ったように感じたけれど、今日は十分もかからずに橋を渡りきった。大きな声で呼び込みをしている、干物屋や土産物屋、屋台の人たち。

あの時、帰りの電車で、イカを食べるの忘れたと大きな声で彼に嘆いてみせたのを思い出し、私は迷わずイカを売っている屋台に並んだ。威勢の良い声で呼び込みをしていた、はちまきをしたおじさんに、イカを一本と言うと、その言葉が何かのギャグに思えて可笑しくなった。甘いタレで味付けされたイカを齧り、これおいしいな、と唸るように独りごちながら、広場のベンチに腰かけた。

イカを食べ終えた後も、ベンチに腰かけたまま煙草を吸ったりぼんやりしたりしながら、過ぎゆく人々やお店の呼び込みをする人たちを見ていた。すっかり放心してしまったように、体が動かなかった。疲れていた。土産物屋で、下らない土産物を一々指さしては何か感想を口にして笑い合ったり、あれ美味しそうだねと食べ物屋を見つけるたびに口にし、私と夫は仲良く知らない街を歩いていた。山頂に行けるというエスカーのチケットを買い、エスカーというのがただの長いエスカレーターだったと知って大笑いしたり、山頂部で備え付けの望遠鏡ですごく見えるとはしゃいだり、神社の手水舎で、手水の作法が紹介されている看板をじっくり読み、きちんと柄をすぐ所まで実践したり……。思い出を辿っていくと、ピンク色のお守りが頭に浮かんだ。あれは、今も私のデスクの引き出しに入っているのだろうか。江島神社はそんなに遠くなかったはずだ。立ち上がり、重たい足を持ち上げ、私は神社に向かって歩き始めた。

空は水色から薄い群青色に変わっていた。もう五時半を過ぎている。弁天橋が終わりに近づくと、これから辿るであろう帰路を思い浮かべうんざりしたけれど、どこかでほっとしていた。やっと帰れる。そういう気持ちでもあった。でも橋を渡りきった瞬間さっきの男の事が頭をよぎり、私はビーチに足を向けた。もう二時間経っている。きっといないだろうという予想を裏切って、さっきと同じ所に彼はいた。私の残していったシートに寝そべって、さっきと同じワイシャツと麻のパンツという姿でそこにいた。このまま無視して帰ろうかという気持ちと、一言声を掛けて行こうかという気持ちが拮抗して、結局足を踏み出した。何か、彼に声を掛けた方が良いような気がした。彼もまた、撮影の帰りに歩道から私を見つけた時、同じように思ったのかもしれない。

「あ、来たね」

「まだいたんだ」

彼は、さっきよりもどこか清々しい表情をしていた。

「何かあったの？」

「何かって？」

「何かさっきより、少し元気に見えるっていうか」

「ここで、海見てただけだよ。そろそろ帰ろうかなって思ってた。君も少し元気になったように見えるよ」

そう？と言いながら隣に腰かけた。スーパードライが三本、脇に置いてあった。

「私はもう帰る。間に合わないや」

「何に？」

別に、と言いかけて何かもっと他の言葉を口にすべきだと思った。

「……何だろうね」

分からなかった。もう、今すぐにでも立ち上がって駅まで歩き、電車に乗らなければならない。時間は刻々と過ぎている。ここから駅までだって、割とかかったはずだ。

「間に合わないものなんてある？」

「何それ。そういうの、止めてよ」

「ていうか、間に合わなきゃいけないものなんてあるの？」

私にはある。言いかけて、止めた。別に間に合わなきゃいけないものなんてない。

私はただ、間に合いたいだけだ。煙草に火を点けて、大きく吸い込んだ。体がじっと固まって、煙草を持った手以外動かなかった。ビーチの人気はもうまばらだった。動かなくなった体を持て余しながら、この感覚はいつか体験した事があると思った。しばらく記憶を巡り、ベビーベッドの前に立ちつくす自分を思い出した。夕暮れ泣きが始まった頃、思い通りに動かない四肢を不器用にばたばたさせ絶望の表情でぎゃんぎゃんと泣き喚く赤ん坊を見つめながら、私はそこに立ちつくしていた。手が動かず、声も出せず、ただ痺れたように体中に力が入らなかった。今にもぺたりとその場に座り込んでしまいそうだった。意志も感情もなく、ただただ自分が空のペットボトルのような、中身のない間抜けな何かになったようだった。それから、私はどうしたのだったか思い出せない。育児放棄をした記憶はないから、きっと抱き上げ乳首を含ませたか、抱っこをしてゆらゆらと揺らし歩いたりしたのだろう。

「バッ、買わせてくれない？」

「二つでも、三つでもいい。言い値で買うよ」

「いいよ」

彼はそう言って小さく後ろを振り返りバッグを開けた。小さなビニールを取り出し、その中に入っている安っぽいピンク色の錠剤を一つ取り出した。真ん中に何かの模様が入っているようだった。

「あげる」

彼は取り出した錠剤ではなく、ビニール袋の方を差し出した。中には四つ入っている。模様は、ピースマークだった。小さな錠剤にはピースマークが彫り込まれている。悪趣味だなと、無表情のまま思う。

「いいよ、こんなに」

「いいよ。あげる」

「いいの？」

「俺より必要そうだから」

少し声を出して笑ったけれど、いかにも空元気な声になった。ありがとと言うと、私がビニールを受け取ったのを見て、彼は手元に残った一つの錠剤を口に含み、ビールをぐっと飲んだ。

「買う？」

「帰れる？」

「まあ、大丈夫でしょ。まだ夕方だし。すぐに抜けちゃうよこんなの」

彼は自由だ。いつの間にか、何かしらの被害者意識が根付いてしまったようだった。ビニール袋を手で握り、握り拳をバッグに突っ込んだ。

「何か悪いな。本当にお金いらないの？」

「いらないよ。むしろ、人助けしたみたいで気分がいいよ。スーパーマンになったみたいだ」

私は笑って、彼のビールに手を伸ばして数口ごくごくと飲んだ。私もここで一粒飲み込んでみようか。頭の中で、様々な提案が浮かぶ。今日は、ここで一泊してみようか。一日くらいいなくなったって、何も変わらない。気に入ったら、何日だってここにいて良いんだ。私は別に、何ものにも縛られていない。守らなければならない期限などない。

東京駅のコインロッカーに置いてきたパソコンを思う。暗いロッカーの中、規則正しく息をするようにチカチカとスタンバイのランプを灯しているパソコンを。今日一日、私は一ミリも仕事を進められなかった。今日子供を連れてマンションに帰宅したら、しばらく遊び相手をし、お風呂に入れ、寝かしつけた後仕事をするだろう。そして限界までパソコンに向かった後、気を失うようにして眠るだろう。これまで延々続けてきたそういう生活を、波の音を聞きながら思い出すと非現実的なものに感じられた。

「行く?」

彼の言葉を助け船のように感じた。

「うん」

じゃあねと声を出して、私は立ち上がった。不意に足首を掴まれバランスを崩した。左足を砂に埋め、体勢を戻し彼を見つめる。

「また東京でね」

「そうだね」

「すかしたモデルたちが撮影に行きそうな、洒落たとこにいてよ」

分かったと言って、足首を離した彼に手を振り、私は歩き始めた。早足でビーチから歩道へ上り、駅に向かって昼に来た道を、脇目もふらず真っ直ぐ歩いた。駅で切符を買うと改札を抜け、数分後にごとんごとんと音をたててやって来た江ノ電に乗り込んだ。二年前、江の島に来る時も帰る時も、長々と電車に揺られながら、私はほとんど立ったままでいた。私のお腹がぽっこり出ているのを見ても、席を譲ってくれる人はいなかった。それでも苛立ちなどなかった。私は満たされていた。ただ、空いた席を見つけて、座りなよと言ってくれる夫がいた。

東京駅でコインロッカーの中身をバッグに戻し、タクシーに乗り込んだ。もう七時を過ぎていた。保育園に電話して、あと三十分ほどで迎えに行くと伝えた。ビーチサンダルと水着を買ったせいで、来た時よりもバッグは膨れている。不意に私はもう一件電話を掛けなければならないのを思い出し、病院の名前を表示させると発信ボタンを押した。今日の一時に予約を入れていたが、忘れてしまった旨を伝えると、受付嬢は穏やかな口調でいつに変更致しますかと聞いた。明日の同じくらいの時間にと言いながら、私は完全に、元の生活に戻った自分を感じる。すっかり感情が薄くなり、気持ちはじっと平静を保ち、もう全くぶれる様子はない。帰ったら、デスクの引き出しを漁って、木箱に入ったお守りを探してみようと思った。

二年前のあの時、私たちは江島神社で安産祈願のお守りを買った。私はピンク色のそのお守りを、産院にも、そしてLDRにも持って入った。そして今日、二年ぶりに神社のお守り売り場に行った時、私は何のお守りを買ったら良いのか分からず、しばらく売り場の前に立ちつくした挙げ句、何も買わずにその場を立ち去った。子供もいる、夫とはかつてないほどうまくいっている、気軽に話を出来る友達もいる。体もそこそこ健康。疲労もストレスもあるけれど、それはマッサージやベビーシッターを雇う事で、つまりお金で解決出来る問題だ。つまり今私には、祈るべき事などないのだ。

こんなにも満たされない思いを抱え、蒸発するように日帰り旅行に出たにも拘らず、私には特に祈る事も願う事もないのだ。そう思った瞬間、絶望と共に強烈な安堵が襲った。そして私は、少し気分を明るくして神社を後にし、図らずも、あの男の子にピースマークの入ったお守りをもらった。

一度閉じた携帯をまた開き、メールを打った。「明日、金曜日だよ。来れる？」夫に送信し、そのメールに気づいて携帯を開く夫の姿を思い浮かべた瞬間、さっきビーチで話していたモデルの男の子は、出会った頃の、いや私と出会う前の夫だったのではないかという突飛な考えが浮かんだ。六年以上前の、私の知らない彼が、今の私を救いに来てくれたんじゃないだろうか。はっと笑いともため息ともつかない息を吐き出すと、携帯をバッグに放り込み、その手でバッグの底を漁った。小さなビニールを手に取り、バッグの中の手の中のそれを見つめる。私を助ける男はいつも夫だ。

ママだー。ユキの声に手を振り、私はユキのクラスに早足で向かった。

「ただいま。遅くなってごめん」

「おそいねえ」

連絡帳をもらい、ロッカーからバッグを取り出すと、ユキと手を繋いでクラスを出た。今朝話しかけてきた、外人の子が私を見つけてまた寄ってきた。親がよっぽど忙しいのだろうか。この子はいつも最後の方まで残っている。

「ねえ舌見せてー」

前にも言われて見せてあげた事があった。センタータンに刺さったピアスが珍しいのだろう。べっと舌を出して見せてやると、男の子は「げーっ」と大きな声を上げて笑った。そうして笑う男の子を見て、彼よりもぐっと背の低いユキが顔をくしゃくしゃにしてげらげらと笑った。三人で笑っていると、今日私のした事が何だったのかすっかり分からなくなった。

解説

稲葉真弓

2010年の暮れ、織田作之助《おださくのすけ》賞の候補作品を読み続けていた。文学賞のための読書は気が重い。義務感、責任感ばかりがのしかかり、心底読書を楽しめないからだ。その憂鬱《ゆううつ》を払拭《ふっしょく》してくれたのが、候補作のひとつとなっていた金原ひとみ『TRIP TRAP トリップ・トラップ』だった。いつもはだらしなく、ソファに寝転がって本を読む。それが金原作品を読み始めてしばらくして、体がむくりと起き上がり、いつしかソファにきちんと座った姿勢で、目は脇目もふらず活字を追っていた。気に入った本を読むときはいつもこうなる。姿勢を正すのは、背筋に言葉を通したいため。いい本は言葉が垂直にスッと臓腑《ぞうふ》の奥に着地する。その迷いのない健やか感が好きだ。

二度読みしたときも、作品の印象は変わらなかった。強くてしなやかな、意志ある蔦《つた》のような物に巻き付かれた読後感にぶれはなかった。デビュー作『蛇にピアス』は、皮膚感覚を通じて感受される外界の痛みを描き強烈な印象を残したが、この作品も別の意味で痛みを孕《はら》んでいる。身体に穴をあけるピアスのもたらす直接的な痛みではなく、目には見えないもっと複雑な「内部の痛み」を……。

本書は、15歳のヤンキー少女が、子を持つ親となり、ひた向きに世界と向き合って生き始める様を6つの短編を通して描いたもの。読み進むうちに、この少女の持つ、きわめて純粋な（バカさ加減も含めて）世界観と、彼女の身体を覆う薄い皮膚に感受される、まっさらな痛みのようなものに引き込まれていった。

タイトルの「トリップ　トラップ」は、旅を表すものだが、同時に「罠《わな》」という意味の言葉も含んでいる。なるほどこの作品集は、6編中5編が旅にまつわる話だ。「沼津」「憂鬱のパリ」「Hawaii de Aloha」「フリウリ」「夏旅」。それぞれの短編には、冒頭の作品「女の過程」に登場する主人公マユが、時間とともに成長していく姿がくっきりと描き出されている。ざっくり言えば本書は、少女の成長物語。たくさんの「罠」をくぐり抜けた少女が大人の女になっていく過程が「旅」を通じて描かれているといってもいいだろう。

しかし、わたしは、そんなふうにこの作品集をくくりたくはない。確かに冒頭の「女の過程」に登場するマユは、まだ15歳の中学生で学校は退学同然、パチンコ店に勤める恋人と同棲《どうせい》している家出少女だ。父や兄のことは好きだが、母親とは決して折りあうことがない。だから仕方なくあてもない「旅」をしているのだと読むことは可能だが、同棲相手に監禁同然に囲われている彼女は、買い物にも気を使わねばならない不自由さに辟易《へきえき》しつつも、どこか突き抜けたように自由なのだ。

この自由の哀しさに、私はいたくうたれた。「旅」は必ず元いた場所に人を導く。人はいつかどこかに帰る生き物なのだ。……というのは思い込みや刷り込みに過ぎないのかもしれない。なぜなら、マユには、「旅」の明瞭《めいりょう》な帰結点がないからだ。家庭ははなから帰るべき場所ではないし、男もまた彼女にとってはつかの間の「保護者」「依存のための道具」に過ぎない。

むしろマユは「旅」の帰結点をイメージの中で固定するのを拒んでいるかのようだ。男との関係が終われば、そこにいた自分が消えてしまう存在であることも知っている。だからどこにでもいける。死ぬことも自由のうちなのだ。

読みつつ私は不安になる。いったい彼女はどこに帰っていくのだろう。同時にうずくような羨望《せんぼう》も感じる。このあてのない自由さと、孤独感。底なしの倦怠《けんたい》を救うのはタバコとセックスと浮気《うわき》をする際のスリルのみ。若さの持つ単純なまぶしさと危うさと、体と心がつり合っていない不安定感が、かつて自分にもあったような既視感を引き寄せる。

隣室の男のもとに通って来る女ユィとの、小さな火花を散らすような感情のやりとりも、いつかどこかで体験したことがあるような……。ギリシャ神話の時代から、なんとまあ飽かず女は女に嫉妬《しっと》してきたことか。若さや美貌《びぼう》、階級差や持ち物に、子がいない女は子がいる女に、あるいは女に連れ添う男の背の高さやカードの出し方の洒脱《しゃだつ》さに。

同時にマユは知っているのだ。自分がすぐになにものかに屈してしまうこと、男やニコチン、あるいはセックスにすがりつかなくては生きていけない存在であることに。自立することへの渇望と、依存がもたらす心地良さに引き裂かれている15歳の彼女は、男に監禁されているとともに、自ら女という性に監禁されているようでもある。女であることの息苦しさは、おおむね金原ひとみの作品を貫く大きなモチーフでもあるが、女であることの羽ばたきもまた、彼女の作品の中では強烈な輝きを帯びる。その両極を行き来するもの＝女。そうした意味で、次の言葉はきわめて重要に思われる。

「女は人生の中で何度も、完全な別物に生まれ変わる。それは青虫が蝶になったり、蛆が蝿になったり、猿が人間になったりするのと同じだ。女は何度も生まれ変わって、美しくなったり、醜くなったりする。」(「女の過程」より)

さて、次章「沼津」では冒頭の作品から二年経過、マユは17歳になっている。ユウコという女友達と夏の海辺で過ごす四日間が描かれている。先の言葉を踏襲するなら、マユにも「女の変化」が現れているはずだ。時間はどんなふうに彼女を「別の女」に変えたのか。ナンパされることを待つ彼女たちと、気安くナンパして来る若者たち。天気の話やどこから来たのかという問いなど、さして意味があるとは思えない会話のなかに、絵に写し取ったような若者たちの夏がにじみでる。そうこれは、男に囲われている少女が、つかの間得た青春の物語なのだ。

私はこの作品で、無銭に近い若い女が、食事を得るためにナンパされることを待つどん欲な生き物であることを知り、その健康さ、無邪気さに思わず笑ってしまった。なるほど、食事か。したたかなのだ。餌を運んでくれる（おごってくれる）男がいるかどうかで、女の一日は色彩を変える。男は若い女にとっては財布に過ぎないなんて。本作では動物的な空腹と食欲が、肉体の快楽よりも切実な問題として描かれているが、それがおそらく青春のもうひとつの姿なのだろう。欠落感に満ちた時間と体。こんなフレーズがある。

「青春ていうのは（略）、どんなに遊んでもどんなに充実していてもどんなに男とヤッても物足りない感じのする時期の事なのかもなー」。

この作品で印象に残ったのは二つあって、ひとつはナンパしてきた男の一人が、自分に妻子があることを意識してマユとのセックスを回避したこと。その男の倫理観が、本作ではひどく惨めに見えるのはどういうわけか。自由や青春から遠く離れてしまった男の「フツーさ」が、夏の海辺では寂寥《せきりょう》感を誘う。一方、やくざっぽい男たちと危険な遊びに興じ「死ぬかも」と思うマユとユウコの恐怖に満ちた一瞬に、生の実感を読み取ることができるのも不思議だ。

もうひとつ印象に残ったのは、ナンパ相手の若者たちと「四次元ゲーム」に興じるシーン。どんなに怖いことがあっても、決して振り返ってはならない真っ白な世界。これは振り返ったらもう元の世界に戻ることができないのが「四次元ゲーム」らしい。これはあたかも、人生そのものではないか。私たちは、どんなことが起ころうと、元の時間・世界に戻ることができない宿命を持っている。いつも真っ白な現在から出発することを運命づけられてもいる。失恋したら失恋した瞬間から新たに前に進み、大切な人を失ったときも、その欠落感のまっただ中から先に進まねばならない。それが生きるということだ。

あるいはこの「沼津」は、なにひとつ先のことを考えていなかったマユが、真っ白な場所、白いビーチや彼氏から離れた空白の時間のなかで、ふいに「自分の位置」を見いだそうとする物語と読んでもいい。いや、きっとそういう物語なのだと私は断言したい。

その後のマユは意外なことに人妻として登場する。本書にそのいきさつは書かれていないが、「憂鬱のパリ」における彼女は作家になっていて、編集者の夫がいて、その夫と一緒にパリに仕事に来ている。見知らぬ町の光や食べ物、仕事関係の人々がもたらす高揚と緊張感に彩られた小説だが、一方で、マユとの間に絶妙な距離感を保つことができる夫の存在が際立つ作品でもある。

この「夫」は金原ひとみの作品『オートフィクション』の冒頭の章に登場する「夫」と同一人物であると理解してもいいだろう。というのも、二つの作品に愛情の過剰な同一性が見られるからだ。もし夫が浮気をしたらそこは人生の終わり、だから二人の前に現れる女にはやたら殺意をもってしまう「私」(『オートフィクション』)と、「彼がいなくなったら死んでしまう女でありたい」というパリでの「私」。

この過剰な愛は、「Hawaii de Aloha」「フリウリ」でもストレートに描写される。マユは相変わらずなにものかに依存しなければ生きていけない女であり、依存の対象はいまはタバコやセックスではなく「夫」である。とはいえ、マユは、ただべたべたと男に甘え、ことあるごとに恭順する女にはなっていない。「女」と「男」の間にある感情の溝に苛立《いらだ》ち、怒り、自分を主張する女へと進化している。

奴隷のように男に付き従っていた少女から脱皮した彼女は、「夫」の理不尽な扱い(例えば、レストランで自分を置き去りにするとか、歩いているときさっさと先に行ってしまうとか)に敏感に反応し、泣き、怒り、悲しむ。置き去りにされる不安と恐怖に、彼女の抱え込んだ本能的な孤独を見ることができるが、これまで登場してきた男たちと違い、「夫」は決して彼女の感情に振り回されない理知的な性格であり、「女を演じる彼女」に見向きもしない。この「夫」の存在によって、彼女の「依存」は獰《どう》猛《もう》さを失っていく。獰猛さの代わりに、彼女は理知や洗練、穏やかなあきらめを身につけていくのだ。同時に注目したいのは、彼女自身が「男である夫」の中に、なにものにも依存しないと決めた男の「悲しみ」を見、それを理解する女として描かれている点だ。

　このふたつの物語におけるカップルの距離感のすばらしさといったら……。依存に焦がれるものと依存を拒むものとのやりとりが、どんなに愛していても、絶対的な同化はないことを私たちにしらしめる。ことに相手へのいとおしさを全開にした「Hawaii de Aloha」は、仕事から解放された「夫」の無邪気さに喜ぶ「私」の妻ぶりがなんともいえずいい気分を誘うが、その無邪気さは、帰国が近づくに連れて消え、「夫」は再び理性的な大人の男へと戻っていく。ここでの「私」の悲しみは、もう無邪気な子どもには戻れないこと、日常は常に大人に大人の顔を強いるものだということを思い知らされるからだ。帰る場所がなかった少女が、帰る場所を手にしたとき、青春はおわるのかもしれない。

　子連れの旅を描いた「フリウリ」を見ても、そこには子に振り回される母親の格闘と疲労が前面にあり、「女が女を演じる自意識」はかなぐり捨てられている。子連れの旅の過酷さと、母親が引き受けねばならない赤ん坊にまつわる雑事のなんとすさまじいこと。だっこから授乳、眠らせることまですべてを引き受けねばならない。それはこういうことだ。「私はまた、この初めての子連れ旅行を経験し、ノスタルジックでセンチメンタルな生き物にまた一つ近づいた。」こうも作者は書く。「少なくともあらゆる分を諦め、妥協し、誰かに蹂躙《じゅうりん》されるという事の本質を感じ、自分を捨て、自ものを捨て去って、女は母になる。」

この感慨をテーマにしたのが、2011年夏に刊行された『マザーズ』である。母親であることの孤独と幸福、世間から取り残されていくような孤立感、加えて妊娠した女に対する蔑視《べっし》、憐《あわ》れみ、女同士の間に起こる優越感や劣等感など、「フリウリ」では昇華されなかった「女と母のすべての問題」が緻密《ちみつ》にあぶりだされている。この傑作について、いま述べられるのはこの程度だが、金原ひとみの世界は、自意識の磁場を確固として守りつつ、普遍的な「女の物語」へと加速度を増して進化しているのである。

さて、本書が優れた作品集である理由のひとつとして、最後に置かれた「夏旅」の絶妙な位置配分があると思う。この物語は、冒頭の「女の過程」を受ける形で描かれているが、未分化な少女だったマユと成長したマユの姿がくっきりと対比されているのだ。子を保育園に預け、唐突に湘南《しょうなん》の海へと向かうマユ。子育てという発狂しそうな仕事からつかの間免れるための小さな旅。マユを襲うのは、皮膚の外側＝外界からやってくる痛みではなく、内側に湧き上がる痛みである。青春は失われ、見回せば自分のそばには「夫」しかいない。その「夫」とは子どもを産んでから関係がおかしくなり別居状態だ。それでも強く「夫」を思う彼女は、夏の海辺でおそらくは無邪気だった頃の「夫」の幻に出会う。このシーンは胸を突かれるほど美しい。自分を救うのはいまは「夫」しかいないのだという明晰《めいせき》な認識。男を財布としてしか見ていなかった少女のなんという成長ぶりだろう。

あるいは作者は、これは女の成長物語ではなく「女が去勢される物語です」と言いたいかもしれない。しかし、どちらにしても同じことだ。女の成長・進化は、「去勢」と無縁ではないのだから。去勢によって無垢《むく》な野蛮さを失ったマユの、新たに身に付けた落ち着きと優雅さを見よ、だ。世間の「罠《わな》」はいたるところにある。しかし、マユは、その「罠」のありかを即座に見抜くだろう。幾度も生まれ変わる女として、

私たちは新しいマユを金原ひとみの著作の中に発見するだろう。

強くしなやかな、美しくいたいけな生き物としての母や女たちを……。

（小説家）

本書は、二〇〇九年十二月に小社より刊行された単行本を文庫化したものです。

TRIP TRAP

トリップ・トラップ

金《かね》原《はら》ひとみ

平成25年 1月25日　初版発行
令和7年 9月10日　11版発行

発行者●山下直久

発行●株式会社KADOKAWA
〒102-8177　東京都千代田区富士見2-13-3
電話　0570-002-301（ナビダイヤル）

角川文庫 17766

印刷所●株式会社KADOKAWA
製本所●株式会社KADOKAWA

表紙画●和田三造

ISBN978-4-04-100661-0　C0193

角川文庫発刊に際して

角　川　源　義

第二次世界大戦の敗北は、軍事力の敗北であった以上に、私たちの若い文化力の敗退であった。私たちの文化が戦争に対して如何に無力であり、単なるあだ花に過ぎなかったかを、私たちは身を以て体験し痛感した。西洋近代文化の摂取にとって、明治以後八十年の歳月は決して短かすぎたとは言えない。にもかかわらず、近代文化の伝統を確立し、自由な批判と柔軟な良識に富む文化層として自らを形成することに私たちは失敗して来た。そしてこれは、各層への文化の普及滲透を任務とする出版人の責任でもあった。

一九四五年以来、私たちは再び振出しに戻り、第一歩から踏み出すことを余儀なくされた。これは大きな不幸ではあるが、反面、これまでの混沌・未熟・歪曲の中にあった我が国の文化に秩序と確たる基礎を齎らすためには絶好の機会でもある。角川書店は、このような祖国の文化的危機にあたり、微力をも顧みず再建の礎石たるべき抱負と決意とをもって出発したが、ここに創立以来の念願を果すべく角川文庫を発刊する。これまで刊行されたあらゆる全集叢書文庫類の長所と短所とを検討し、古今東西の不朽の典籍を、良心的編集のもとに、廉価に、そして書架にふさわしい美本として、多くのひとびとに提供しようとする。しかし私たちは徒らに百科全書的な知識のジレッタントを作ることを目的とせず、あくまで祖国の文化に秩序と再建への道を示し、この文庫を角川書店の栄ある事業として、今後永久に継続発展せしめ、学芸と教養との殿堂として大成せんことを期したい。多くの読書子の愛情ある忠言と支持とによって、この希望と抱負とを完遂せしめられんことを願う。

一九四九年五月三日